DANTAS SOLO

Revisão
Luiz Wilfrido Martins de Arruda

Dados Internacionais de Catalogação na Publicação (CIP)
(Câmara Brasileira do Livro, SP, Brasil)

```
Sólo, Dantas
   Rafaela e Seraphião / Dantas Sólo. -- Dourados, MS
: Ed. do Autor, 2023.

   ISBN 978-65-00-68652-4

   1. Ficção brasileira I. Título.

23-158380                                    CDD-B869.3
```

Índices para catálogo sistemático:

1. Ficção : Literatura brasileira   B869.3

Eliane de Freitas Leite - Bibliotecária - CRB 8/8415

"A beleza não salva
ninguém da solidão."

(Rafaela Oserov)

Prefácio

Ao ler *Rafaela e Seraphião*, o leitor irá se deparar com uma narrativa desafiadora, capaz de mesclar aventura, crítica social, misticismo, mistério, tudo isso acentuado por um certo teor psicológico que prioriza comportamentos e figuras divergentes dos padrões sociais.

Em linhas gerais, podemos dizer que o romance de estreia de Dantas Solo exprime bem algo que é essencial para o gênero romanesco: a sua capacidade de emular discursos e formas textuais diversificadas. Mikhail Bakhtin, ao estudar o romance, definiu-o historicamente como gênero capaz de se apropriar de todos os outros gêneros discursivos, tornando-se um mosaico de formas textuais e ideológicas que compõem o subtexto histórico-cultural de uma determinada época. A esta capacidade, o filósofo russo chamou de "plurilinguismo", ou seja, o romance assumiria sem problemas "o discurso de outrem na linguagem de outrem" (2010, p. 127). [1] Assim, é bastante interessante observar que a obra de Solo, além da exuberante capacidade fabulatória, vai assumindo uma construção formal que enlaça o leitor a partir da emulação de estratégias narrativas diversificadas.

Assim, nos primeiros capítulos somos capturados pelo mistério que envolve o forasteiro que chega à fictícia cidade de Lindau, em Tocantins (homônima da cidade alemã, famosa).

O narrador heterodiegético faz recair o foco narrativo sobre o forasteiro, que em estado de amnésia, tenta aos poucos ir juntando as peças sobre quem é e como se relaciona com os fatos macabros que envolvem a cidade. O suspense, aqui, dá o tom da construção dramática.

---

1 BAKHTIN, M. O discurso no romance. *Questões de literatura e estética*. A teoria do romance. Trad. A.F. Fernadini et al. 6. ed. São Paulo: Hucitec, 2010.

Em seguida, iremos conhecer de perto a perversa relação entre Rafaela e sua mãe, Mércia, a mulher mais poderosa da cidade e que guarda na memória os crimes da família. Mércia, após ter ficado grávida de Seraphião, fará de tudo para transmutar a filha em um menino (Rafael). Aqui, as personagens vão se desenvolver em certa chave psicanalítica, em que o princípio de prazer e as neuroses se imbricam em formas perversas de comportamento. Após a fuga de Rafaela, o romance parece se aproximar da estética de um *road movie*, com perseguições, assassinatos e, novamente, mais aventuras esdrúxulas. Nesse ínterim, a narração oscilará entre o presente e o futuro verbal, criando uma acentuada percepção de instantaneidade dos acontecimentos, como em um roteiro cinematográfico e, no caso do futuro do verbo, gerando um efeito de quebra da quarta parede, ou seja, o narrador passa a projetar acontecimentos como se fossem uma premonição ou uma performance a ser executada por atores no palco, neste caso, suas personagens. É o que ocorre, por exemplo, quando a van das *drags*, em um momento da viagem, emula uma cena do filme *E o vento levou*, de 1939:

Uma das drags com a cabeça para fora da janela de braço erguido e com goiabas do pomar na mão gritará:

"— Tara é minha, e jamais passarei fome de novo, nem eu, nem minha família! – e outra grita:— Viva, Scarlett!" — e todos gargalham [...] (p 193) Como se vê, a narrativa quer se mostrar como narrativa, ou seja, o pacto ficcional é tensionado para que o leitor fique atento ao modo como a história é contada, enquanto as personagens parecem ser em muitos momentos apenas figurações performáticas. Isso marca, sem dúvida, o tino contemporâneo (pós-moderno?) do romance, capaz de criar a sensação de um jogo de linguagem que brinca com as expectativas do leitor.

Por fim, cabe dizer que *Rafaela e Seraphião*, em sua narrativa ágil e tensa, flerta com o modo *maravilhoso*, neste caso, a lenda de Seraphião, o albino acrobata, capaz de "voar", chamado de "Cabeça de Lua". Nesse imbricamento entre o real e o sobrenatural, o que se realça são os comportamentos sociais violentos por parte dos ditos "normais", enquanto a possibilidade do amor e da alegria se encontrará entre os que divergem. As pautas da comunidade LGBT, por exemplo, aparecem no romance como discurso emulado em sua luta por direito e reconhecimento legal, enquanto guardam a utopia de uma sociedade mais aberta às diferenças.

Dantas Solo, sul-mato-grossense, começa bem sua trajetória como escritor, assumindo sem medo o ofício de escrever um romance de fôlego. Neste estado, como sabemos, não temos grande produção reconhecida neste gênero. Em geral, o autor se sai muito bem e se apresenta como um nome relevante para a cena literária regional.

26 de agosto de 2023

Volmir Cardoso Pereira

Doutor em Estudos Literários pela Universidade Estadual de Londrina(UEL) Professor efetivo da Universidade Estadual de Mato Grosso do Sul (UEMS)

DANTAS SOLO

CONTEÚDO

RAFAela
E SERAPHIÃO

Prólogo

Fora seduzida pelo brilho das coisas,

das mais doces às mais perversas.

Costumava vir até essa igreja benzer seus pecados.

Algo de errado deveria vir junto, mas... perdia-se pelo caminho.

Jamais esquecera a musiquinha

que fizeram em sua homenagem:

"Rafa, Rafa, Rafaela, é menino ou é menina? Ela sabe: é o Rafa ela."

Aquele coração frio, porém vivo, jamais perdoaria esse mundo.

Agora, só, nessa quase cidade. Embrenhada, escondida, pronta.

A humilhação teria feito essa alma à sua sombra e morada?

Só, nesses tempos indiferentes ao sofrimento dos diferentes;

esse teatro de marionetes, essa peça, não parece ter fim.

O anúncio será feito.

Haverá uma celebração, e risos sorrirão — até às lágrimas.

O tempo desvelará seus registros e trará infâncias de volta.

Corram! Corram! Seraphião está vindo!

Capítulo 1

O Silêncio

Dezessete de setembro de 2013. No céu noturno dessa terça-feira, essa lua cheia suspensa o fará bem. Daqui a três dias, ele será parte de um evento extraordinário nessa pequena cidade — bonita, moderna e sombria, como diria Margot. Mas... ele suspeitaria ser o pivô disso tudo? Não, absolutamente. Só o padre Simão sabe o que se passa no seu confessionário e além dali. Esse evento será realizado nove dias antes da 18ª Festa de São Rafael Arcanjo, celebrada todo dia 29 desse mês há dezoito anos, sendo patrocinada por Mércia Oserov. E só a partir desse evento é que saberemos finalmente se essa comemoração ainda fará algum sentido.

A igreja dessa *quase* cidade chamada Lindau, situada a algumas dezenas de quilômetros de Palmas, no Tocantins, que conta com não mais do que 8 mil habitantes — incluindo a área rural — consegue abrigar algo em torno de, no máximo, duas centenas de pecadores a cada missa. Fica num morro a uns 200 e poucos metros da avenida principal e, apesar de terem que subir uma ladeira um tanto íngreme — para os mais idosos, uma penitência — quase todos vão, mesmo contra as expectativas do padre. Cogitou-se demoli-la e alugar um imóvel no centro com a mesma serventia, mas... ela fora doada por Mércia. Talvez por conta das memórias patriarcais, ou da paisagem, pois as janelas, quando abertas, dão uma visão delicada de quase tudo ao redor e, a primeira vista será sempre a do antigo casarão lá embaixo, onde agora fica a Pousada da Lua. E esse visitante ouvirá esse padre, tossindo ou pigarreando, para que ele volte sua atenção ao púlpito.

Ainda atônito, desorientado e sem norte, nesse mesmo dia em que entrou no confessionário um pouco antes das 19h e disse:

— Perdoe-me, padre, eu pequei: não sei de onde vim, quem sou, onde estou e só por conta desse maldito peso, sei que pequei.

— Sobre o que "pecasse", meu filho? — O padre Simão já o conhecia de vista. Não se atenha aos fatos em si, vá aos detalhes, disse com a voz cansada e curiosa mais que de costume. Ele sabe que um decote pode ter mais culpa em uma traição do que o próprio seduzido. Que os maus hábitos matam mais que seus donos.

— Padre, desde que cheguei ou me trouxeram, sinto esse peso estranho, enorme. A balança da farmácia acusa 81 quilos, mas é como se eu carregasse o peso de um boi. Tenho dificuldade em sair da cama, como se tivesse que me levantar num corpo de chumbo.

Entende?

— Sim, entendo, meu filho, e creio que o senhor precise ir ao médico, ou à clínica, o padre Simão responde e espera.

— Senhor? Tudo bem? — Pode continuar... — perguntas sem respostas. Depois de aguardar alguns segundos, não haveria mais a presença de ninguém por ali.

Ele sente que precisa de uma consulta médica, talvez mais que isso. Apesar de toda a confusão, esse peso e essa pressão, sente—se bem. "Um rockstar numa reabilitação?" — perguntou a si mesmo . Como agora, anda entre esses "estranhos", e sente como se não estivesse assim tão só. E esse silêncio, invasivo, como se o seu sistema auricular tivesse entrado em pane; ou, tudo estivesse com o volume controlado, como se os motores dos carros e motos girassem contra a vontade. Próximo aos quarenta ou sem saber a idade, sente-se em ótima forma, sem gordurinhas extras nos lugares errados. Mas há esse mal-estar, qual ressaca mal resolvida, boca amarga e a sensação de alguma comida mal digerida querendo voltar, subindo pela garganta para voltar às panelas das quais saira. Náuseas.

Entrou na "Pousada da Lua" — nome futurista — cumprimentou o recepcionista, que não era o mesmo de ontem, nem de anteontem, nem de quando chegou, há... (?) dias. Todos se chamam "Rafa" — ao menos era o que constava no crachá.

Subiu as escadas, entrou no quarto e sentiu aquele cheiro, de novo, desde a primeira vez, o mesmo. Todo mundo sente cheiro de mofo em hotéis, ou todo hotel em algum lugar tem esse mesmo cheiro? Lembra que havia alguém do lado de fora do quarto no dia em que acordou. Alguém que o ouviu se movimentar, tossir ou algo assim. Bateu na porta e a abriu, perguntou se estava tudo bem e depois se foi. Não consegue se lembrar quem era, mas não esqueceu. Pela primeira vez, reparou na mobília antiga e desgastada; lembraria do quarto de Van Gogh, se ainda tivesse memória. Pouca coisa. Num canto, uma bergére com tecido preto com motivo floral; no outro, um criado mudo com duas gavetas, uma delas meio empenada, colocado, obviamente, ao lado da cabeceira — nesse caso — dessa cama de solteiro. O armário embutido fica embaixo da escada que dá para o piso de cima. Esse piso superior parece não servir para nada ou não há nada a se ver por lá. Nunca ouviu passos de alguém a subir. Talvez um sótão abandonado ou servindo de depósito? — imagina, deitado a olhar o teto. O cheiro desagradável de mofo vem do colchão e o lençol tem algumas manchas, sabe-se lá do quê. Tirou a fronha do travesseiro e descobriu que esse não era diferente dos outros. Tem manchas amareladas de baba, indeléveis e abstratas de qualquer travesseiro usado. "Podiam expor esses forros e fronhas de celebridades em telas, em bienais" — lembrou Elvis. Não eram muito diferentes do seu corpo nu: manchas, cicatrizes, tatuagens. "Por debaixo das roupas que disfarçam imperfeições físicas externas, a pele esconde as internas" — divaga. Mais estranho que tudo, por esses dias — por enquanto — não viu ratos ou ouviu barulho deles. Quer dormir e... dormirá.

Acorda após a meia-noite e resolve que de repente, sem nenhuma motivação, sairá rua afora. Decidido, desce as escadas, dá um oi para o recepcionista, sem o ver ou olhar para trás e sem ouvir a resposta.

Pelo silêncio estaria cochilando. Sempre um Rafa diferente dos outros. Estaria na Rafalândia? Por esses dias devia ter visto ao menos oito rostos diferentes por ali. "Estranho" — pensou. Não saíra antes da meia-noite em nenhuma outra madrugada.

Ao começar a andar, sente um certo alívio. Algumas pessoas sentem essas sensações, como que irracionalmente atendendo a um chamado desconhecido. Não lembra se já teve algum e vai. A rua está vazia. Em silêncio... amordaçada?

A cor prata dessa lua cheia banha essa noite intrigante como algo que ele traz na memória e que lutou para esquecer, em vão. No alto do morro, o telhado da igreja está reluzente, por essa claridade carismática, misteriosa que o chama. Ele não pretende acordar o padre para terminar a confissão. O padre poderia acordar? Acha que não. Há algo nessa noite querendo se mostrar, algo quer ser sentido. A *quase* cidade dorme.

Sente que pode chamar de quase cidade essa óbvia combinação de elementos espalhados ao redor. Tem prefeitura e motores; delegacia e famintos; posto de gasolina e corrupções; posto de saúde e embriagados; restaurante e doentes; boteco e ofertas; supermercado e flertes; motel... não tem — mas... tem a pousada. Finalmente, após o trajeto, chega à velha e charmosa igreja de madeira e a construção parece lhe sorrir. Então, lembra-se de olhar ao redor. Suado, move-se lentamente até a parte de trás e logo em seguida, como um gato, estará no topo. Nenhum barulho provocado, nem mesmo pelo esforço para chegar à cumeeira, mesmo após bater a bota numa das telhas do beiral e escorregar. Seria uma queda e tanto. Poderia sentar-se solenemente e acender um cigarro, para contemplar decentemente a paisagem, mas não os tem. Cena noturna, sem fumante. Teria abandonado o cigarro ou o contrário? Não tem muitas lembranças sobre isso. Depois de tudo, essa paisagem e essas estrelinhas brilhantes, estrelas do mar boiando no céu, como se banhando num enorme, profundo, cósmico e escuro lago sem fundo. Quase pode senti-las, porém, sua missão ali era outra: encontrar a si próprio e reinventar-se.

Sua cabeça parecia tocar a via láctea e o peso... de repente... flutua. Como assim? — percebe, admirado, que o peso desaparecera quase por completo. Se assusta, mas não sente medo e sim calma; a calma de uma embriaguez gerada por essa gravidade alterada. Sente uma leveza rara, como que possuído pelo espírito de um trapezista. E, após alguns longos minutos, esse imenso e ostensivo silêncio, quase mecânico, de súbito se quebrará, como se uma parte da sua engrenagem se partisse ou um enorme copo de vidro se estilhaçasse contra um piso de cerâmica.

E ele ouve, "o grito". Um grito distante, longo, agudo e pleno de angústia — durando algo em torno de seis segundos; grave e levemente feminino. Vindo da sua esquerda, da direção da pousada.

Sem que ninguém suspeite, sua visão é a mais privilegiada de todas nesse momento. De súbito, percebe algo, o que jamais havia visto em noites anteriores: a luz da janela do quarto acima do seu — o que ele imaginara ser um depósito ou sótão — está claramente acesa. Preferia não ter que suspeitar, mas... teria vindo o grito de lá?

A cidade acordaria, numa sucessão de cutucões de um casal a outro, a outro, até o último a acordar e perguntar—O que diabos foi isso?" A maioria estará atenta e alguns com medo. Os cães irão ladrar por alguns minutos e logo depois, discretamente, obedecerão ao seu dono; o silêncio, esse silêncio mecânico. A primeira pessoa a sair apressada para a rua e tentar entender o que está se passando é o recepcionista, o Rafa noturno da pousada. Logo depois, chegariam as pessoas do entorno, como o farmacêutico, o delegado Régis Couto, que mora próximo à delegacia, a quase 500 metros dali. "O desespero encurta as distâncias" — ele sabe. Já havia descido do telhado com a mesma rapidez com que subira e, em seguida, estaria junto àquelas pessoas, assustadas ou não. Como, não se sabe por quê, todos se dirigiriam para a frente da pousada. Por que o grito parecia ter partido dali? Ou teria sido sempre assim?

Na fachada, a placa, já um pouco antiga e charmosa, mostra, além do nome, a ilustração de uma lua com um desconfortável foguete lhe atingindo o olho. Mensagem subliminar a algum selenita? "Seria melhor que o grito houvesse vindo da pousada" — deduz. Pois, se o recepcionista o tivesse visto saindo, não teria mais um álibi. Então, prefere se aproximar e perguntar sobre essa ocorrência.

— Estava cochilando e escutei esse grito estranho – ele diz.

— Percebeu de onde veio? — Odiaria confirmar a suspeita.

— Parece que veio do céu — respondeu o moço, olhando acima da cabeça dos presentes. Agora ele também olharia, discreto, procurando a janela acesa do quarto acima do seu; já estava apagada. "Ninguém está a salvo de ninguém, quem dera de si". Em seguida, se vira após um aumento do murmúrio das vozes e percebe o esnobe prefeito se aproximando, com seu carro de luxo. Dr. Duval de Paula estaciona e desce do veículo, com ares de político, em busca da simpatia de alguns dos seus não eleitores dessa estranha quase cidade. Ele conversará diretamente com o delegado Régis, e por um momento notará os dois olhando em sua direção. Ele sente como se soubessem. "Que mal havia em subir num telhado de igreja na madrugada?" — se justifica, como se fosse algo normal. Desde o princípio percebeu esse hábito, ou o dom de as pessoas conversarem em voz baixa, como que dividindo segredos; olhando, apontando e disfarçando. Imagina-se paranoico, mas, no fundo, também acha que ninguém quer que a tal Mércia Oserov saiba o que eles estão pensando.

Isento — pressente o desafio no ar: descobrirem de onde veio o tal grito, quem gritou e por que gritou.

— Queridos eleitores amigos de Lindau! Amanhã cedo, gostaria que vocês reportassem a falta de quem for e comuniquem de imediato o delegado Régis Couto na delegacia. Qualquer informação a mais me procurem na prefeitura por amanhã. Obrigado! Diz e se vai com seu português ruim.

Ele entra porta adentro em companhia do porteiro.

— O senhor estava na rua a essa hora por quê? "Era para perguntar mesmo?" — se irritará ao responder.

— Estava aqui do lado de fora, com insônia.

— Certo... O moço responde desconfiado e ele; inocente e nervoso, tentará criar algum laço.

— Como você chama?

— Marce... Rafa. *"Ia dizer Marcelo".* Ele percebe.

— Você tem acesso à cozinha, Rafa?

Estou louco por um café. A insônia e o café foram feitos um para o outro; não é mesmo?

— Foram mesmo. Tenho sim — responde e ele o segue.

— Você não acha a pousada grande demais pra essa cidade?

— Não, não acho — as cidades sempre crescem — infelizmente — diz a bela frase e segue na frente com as chaves.

É quieto e esse silêncio soa acusatório, não se sabe do quê. Paranoia e amnésia, combo maldito. Sua revolta persiste. Rafa não o encara, fica olhando ora o teto, ora o chão. Gira a cabeça, exercitando o pescoço enquanto a água ferve. Uma cozinha que lembra o estilo quase caipira do interior. Faltou um fogão a lenha, mas mesmo assim tem seu charme; é uma pousada grande, com vinte e tantos quartos, quase sempre lotada, como agora. Como saberia? Pelo número de chaves na recepção. A lógica, ainda, não o abandonara.

— Você é Lindauense?

— Não, senhor, estou passando uma temporada aqui. Não quis perguntar, mas, pelo sotaque, é sulista.

— O que te pareceu aquele grito? Puxa assunto de novo.

— O café está quase pronto — O *Marce...* Rafa responde.

— Não me pareceu exatamente um grito, "senhor". Coloca o bule na mesa e lhe estende uma xícara. Ele fica um tanto lisonjeado pelo tratamento. Puxam uma cadeira, cada um — Rafa parece nervoso.

— Pareceu um som digitalizado, megafone ou alto-falantes.

— Há algo do tipo na cidade? Quer saber.

— Não que eu saiba, ele responde, indo à geladeira. Abre, olha, e volta de mãos vazias. Olha em sua direção e pergunta, com ar de surpresa:

— Posso estar enganado ou talvez seja impressão minha, mas o senhor tem uma "luazinha" tatuada na testa?

"Como assim?" — se pergunta e imagina espelhos. Leva a mão à testa e diz disfarçando: Parece que o café não me caiu bem. Há um lavabo aqui perto?

Seguem até a recepção. No lavabo, olha o rosto no espelho e dessa vez sente que algo mudou. Talvez um gatilho, desses que dispara uma lembrança e, num lapso, desaparece de novo.

Há realmente a insinuação de uma lua minguante no lado

superior direito da testa, esbranquiçada, um pouco de azul para púrpura, que mais parece uma letra "C".

— Ah! Sim, desculpe, você falou: lua, mas é a letra inicial do nome de uma garota muito especial que conheci há anos atrás. Não sabia se estava mentindo. Como nada sabia. Quem seria essa garota? Quem fosse, qual seria seu nome? Sem respostas, mas sente que ela existiu. Sai do lavabo, olha ao redor, mas o "Rafa" não estará mais por ali. Bem... paciência.

Subirá o lance de 22 degraus da escada para o primeiro piso e entra no quarto, enquanto o dia seguinte o seguirá após o amanhecer. Boceja forte. O sono foi acionado pelo café?

"É provável que esse barulho não seja aqui" — pensa, tentando se manter no sonho. Sons de baleias, águas profundas e raios de sol adentrando em feixes por entre os corais. Mais sons de baleias, golfinhos, gaivotas, um submarino amarelo e outro com a pintura da boca escancarada de um tubarão, no casco, dispara um míssil, depois outro e outro mais rápido ainda: pum, pum, pum! Vira para o outro lado e cobre a cabeça com o travesseiro e tenta abafar os sons e dormir, mas...

"Droga" — percebe alguém batendo de leve na porta; leve demais para quem não quer acordar. "É o delegado!" Ele dá um pulo. Sente-se leve e ágil como nunca.

— Já estou indo! Responde. Abre a porta. O delegado o olha por sobre o ombro em direção ao interior do quarto e pergunta:

— O senhor está sozinho? Ia responder "estava", mas confirmou com a cabeça. Ainda com sono, é convidado a descer.

São mais de meio-dia e a recepção está tomada por, pelo menos, 30 pessoas. Ele imagina que alguém o tenha visto e queira incriminá-lo. Rafa, por exemplo. Mas, de quê? Ele está ali, com cara de sono, de alcaguete, atrás do balcão, quieto, com seu sotaque sulista, cantado, como se tentando se proteger de algo que não fez. Há uma tensão no ar, que se quebra pelo latido de um Shih Tzu no colo da esposa do prefeito, uma mulher mais velha que o marido, uns dez anos — ao menos. Ela o olha fixa e curiosamente, por detrás dos seus óculos de grau vintage de aros vermelhos, seguida por uma senhora poetisa idosa, residente, muito simpática, que lhe sorri ostensivamente.

Quase todos estão sentados, ou bem acomodados; a recepção é grande, um salão com aproximados vinte por vinte e cinco metros. As janelas de vidro, com arcos na parte superior das paredes, dão para a rua e tornam todo o ambiente muito iluminado e agradável. O atual delegado, Régis Couto, bate com a mão na campainha do balcão da recepção, com aquele barulhinho típico *"diliinn!"* para chamar a atenção de todos. Se vira em sua direção e diz:

—Caro amigo, essa cidade tem quase quarenta e cinco anos desde sua fundação, e caso não saiba, chama-se "Lindau" por conta do antigo dono e construtor desse casarão, o Sr. Klaus Hoffman — falecido — *Deus o tenha* — e que era alemão, da bela região da Baviera'. E apenas, apenas uma vez na sua história e dessa cidade e por aqui, se ouviu um grito como esse. O *"Sr. Mistério"* pode adivinhar ou suspeitar quando foi isso?

Pergunta, inquisitivo, e o olha, de cima a baixo.

— Não imagino, senhor delegado.

— Na noite da morte do Sr. Klaus Hoffman, o construtor dessa obra! E não apenas o senhor está entre nós há apenas três dias... Quatro! — alguém grita — e ele acaba de descobrir há quantos dias estava 'hospedado' ali e o delegado não parece ser mais cúmplice em nada. Pausa.

— Pois bem, — prossegue o delegado — quatro dias, e já tivemos uma quebra de padrão de conduta noturna em nossa cidade e há uma evidência de que o 'senhor' trouxe alguma mudança ao nosso cotidiano. E, segundo o recepcionista da noite passada, aqui presente — o jovem,

Rafa — disse que o senhor estava do lado de fora da pousada no horário em que "o grito" enfatiza — acordou a todos. Como ninguém desapareceu ou morreu — até agora —, gostaria que o senhor, tido como principal suspeito — com todo o respeito — gentilmente nos acompanhe até a delegacia. Apenas para colhermos o seu depoimento e realizar o exame de *corpo de delito,* entre outros. Seu tom é acusatório.

— Algo contra? — pergunta, autoritário.

Capítulo 2

Brisa

Após responder todas as perguntas, sem afastar nenhuma suspeita — ao menos para o delegado —, alguém de outro setor se aproxima e pede que o acompanhe. Ele caminha ao lado desse cidadão, corpo lento, com seu semblante sombrio, até uma porta de metal que o lembra alumínio. Após digitar uma senha, surge uma escada que os levará para um porão. Desce as escadas, indo à frente, e se espanta: como uma quase cidade assim pode abrigar um complexo desses? Surge uma simpática e sorridente moça em roupas brancas — "uma bela enfermeira... uma torturadora... talvez".

— Olá, senhor, meu nome é Brisa, do Carmo, isso mesmo, caso queira posso mostrar meus documentos — ele não entende porque e sorri. É espirituosa e muito atraente; ele gosta do nome. O salão é enorme, dadas as proporções da cidade e sua população. É convidado a deitar-se numa maca — não entende o propósito, mas obedecerá. Usará os acessórios típicos de um posto de saúde: o ausculta, pede que respire fundo, abra a boca e diga: Aaah..." — medirá a temperatura.

Em outra sala, sobre outra maca, colocará ventosas com aquele gel liso e frio e realizará um eletrocardiograma. Seria cansativo se não estivesse em boa forma. Certas ou não, contestaria essas ações.

— Me autoriza a retirada de alguns mililitros do seu sangue? Pergunta, como se ele tivesse escolha.

— Alguém morreu ou despareceu?

— Não, senhor — ela mente, pois alguém desapareceu — mas temos um protocolo a ser cumprido em casos como esse.

E não temos dados a seu respeito. O senhor sabe qual seu tipo sanguíneo?

— Não. Responde sisudo.

— Em caso de acidente, seria bom que alguém tivesse um tipo compatível. Não é verdade? "Lógico" — pensa crítico.

— O senhor tem parentes ou alguém com quem possamos

entrar em contato em caso de urgência?

— Não lembro. Estou com falta de memória.

— O senhor toma algum medicamento para esse distúrbio?

— Não me lembro. Ele diz, ingênuo, e ela ri novamente.

O tipo carrancudo, corpulento, suado e mal-encarado parece não gostar do clima suave entre os dois e pergunta:

— Faremos um "eletroencefalograma" também?' A cabeça dela diz que sim. Ele se impressiona; não esperava que o ogro ao lado soubesse pronunciar uma proparoxítona. Mas, como todo leão de chácara ou de circo, ele parece bem adestrado. De toda forma, não tem como contestar ou fugir do contexto, no momento. Quase como um androide, a seguirá, sentindo as alterações em seus sinais e o sangue se aquecendo; seus movimentos e passos calculados, nessa cadência de quase dança. Há muita doçura nessa criatura femínea e sorridente, a verdadeira antítese desse lugar branco, frio e invasivo. Por último e já perto de um surto, além dessa pompa, que só se vê em filmes de espionagem, vem o *gran finale*. Ela pede que ele a siga até uma sala acústica, e o grandalhão ficará de fora os observando.

É sua oportunidade, pois ficarão a sós. Pede que ele venha até o centro da sala. De forma hermética, a porta se fecha atrás deles e vem na sua mente a imagem de um vidro de picles de pepino, e se lembra do sabor deles. "Isso é bom" — fica satisfeito.

Tudo ao redor lembra uma sala de locutores de rádio, ou, ao menos, ele imagina que seja assim. "Para que tudo isso?" — pergunta-se, perplexo. Ela olha para um canto acima em direção ao teto da sala e acena com a mão. Eles estão sendo monitorados e ele sente que irá abortar seu plano. De qualquer forma, mesmo sendo filmado, insistirá.

Brisa do Carmo, então com toda singeleza, se aproxima e ajusta a altura do microfone, o liga e pede educadamente:

— O senhor poderia dar-me a honra de um grito com toda a força dos seus pulmões? Ele fica sem ação e naturalmente embaraçado. Não se lembra de ter feito algo assim em algum momento da vida.

— Veja bem, é apenas um registro vocal. Não se preocupe — continua falando enquanto faz uma volta ao seu redor e fica de costas para a câmera. E... ele sentirá a mão dela deslizando pelo seu quadril, para dentro do bolso direito da sua calça, rapidamente, como se sussurrasse— *Isso ficará entre nós".* Ele contrai instintivamente os glúteos e o assoalho pélvico, e emite um grito súbito e visceral, como a sentisse esmagando uma das suas partes íntimas mais sensíveis.

Saem dessa sala em direção a outra e agora entre máquinas, algumas piscando suas luzinhas, ora verde, ora azul em stand by, outras quase insolentes em suas performances impecáveis. Escuta uma delas— *Dziiiiiiii — dzaac tsuuc"* e traduz—*Posso ferrar sua vida".* Os exames estão sendo impressos entre acetatos de Raio-x, formulários com quadradinhos que geram confirmações nem sempre agradáveis. Aqui e ali e acolá, uma confusão mental se instala e reina absoluta nesse paraíso de serial killers. Há esse branco excessivo, opressor, e um cheiro de limpeza profunda como se houvesse segredos sob uma camada de ameaças veladas. "Alguém poderoso pode estar acima disso, ou abaixo, de sete palmos" — imagina, enquanto desliza um olhar discreto pelas curvas dessa calorosa Brisa. Refinados segredos confinados nesse subSolo; e um investimento absurdo em prevenção; para quê e para quem? "Para o fim dos tempos" — deduz e pensa em políticos, desvios de verbas, lavagem de dinheiro e corrupção. Duvida que verá algum indígena, negro ou miserável usufruindo dessa panaceia tecnológica — julga mesmo, não pondera.

Por volta das 16h30, voltou à Pousada da Lua. Há outro Rafa na recepção. Poderia ser um Marcelo, um Pedro ou Joaquim, mas...

— Oi, Rafa!

— Olá! Responde o moço.

— O outro Rafa está de folga?

— Eu sou o Rafa... não conheço o outro.

— Entendi. Então, você não estava aqui ontem?

— Sim, eu estava. Responde convincente. Ele olha para aquele rosto por uns segundos e confirma a insolência bem remunerada. E conclui que ele é outro; outro insulto.

Sobe as escadas, entra e vai direto ao banheiro.

Ao sentar-se no vaso, lembra de olhar o bolso direito da calça. Bilhete e anotação—*Travessa 22 — Casa 04 — Te espero às 21h, não se atrase, por favor. Brisa do Carmo"* — *seu* grito o faria merecer algum prêmio?

Se há alguém que possa mudar tudo nesse momento, é ela, Brisa — sua única esperança. Tomará um longo banho e descerá para jantar às 19h, como sempre. Estarão no salão os hóspedes e moradores que vira desde que chegou. Os olhares são todos seus, até agora, e esse é seu público cativo. Enquanto alvo, sabe que o atirador o manterá sob pontaria e se coloca o mais vulnerável possível. Planeja descobrir qual dessas pessoas está por trás disso; pois algo mudou. Algo está trazendo de volta o soterrado, de lá, de um canto escuro dessa caixa preta mental. Talvez alguma das máquinas do laboratório o tenha ajudado de alguma forma. Está suando. Há tempos não sabe ou não lembra de ter tocado, ou qual a sensação de tocar um corpo feminino. Tirando conclusões precipitadas ou sendo pretensioso? Ela o aguarda; ele sente isso.

Uma das moradoras da pousada, a poetisa aposentada de cabelos tingidos de cor estranha *"púrpura desbotada"* — imagina, se aproxima e elogia seu perfume. Quem fez sua mala, o colocou lá.

— Olá, senhor *Mistério...* esse cheiro é muito especial. Está pondo inveja nas flores do nosso jardim. Diz em tom de confidência e olhar jocoso, e se afasta sorrindo. Ele gosta dela; ou das mulheres.

Enquanto janta, rumina e quase se convence de que não há nada de errado com essa cidade e sim com ele. Nada de errado em não ter documentos e estar hospedado numa pousada de uma cidade estranha, desde que a polícia não o incomodasse por ser um indigente milionário. Planejaria uma nova vida, do absoluto zero.

Recapitula: sua jornada começou há quatro dias; com essa mala de dinheiro no armário, uma arma e um bilhete—*faça bom proveito";* provocou de alguma forma um grito nessa madrugada; ganhou uma tatuagem de lua minguante na testa e tornou-se curioso e curiosidade. Fora praticamente dissecado num laboratório clandestino — é o que suspeita. E agora, esse bilhete plantado no seu bolso sugere um encontro casual com uma suposta enfermeira, cientista, pesquisadora e assediadora com nome e estilo hippie. "Seria uma armadilha?" — pensa apreensivo enquanto caminha. "Como poderia, com aquele sorriso, tal a brisa de um amanhecer em Praga? Brisa... o que dizer, perguntar, falar, argumentar? Pediria socorro ou só a amaria, loucamente, como um adolescente se afogando em uma psicodélica piscina de hormônios? É só ir direto ao ponto — conclui. Perguntaria o que ela quer e o que sabe sobre essa situação constrangedora; e o resto... mistério. Descobrir as intenções dela antes do encontro?" — Impossível.

"Andar a pé numa cidade como essa, com a certeza de que é observado como uma aberração, não é muito confortável", pensa, admirando as vitrines. A avenida principal é absurdamente curva, e se dá conta de que é um enorme círculo — e sabe que nunca pisara numa assim antes — há uma enorme praça central e alguns pontos comerciais ao redor. Em um extremo, a falsa prefeitura e do outro, a delegacia suspeita, que "esconde" um laboratório subterrâneo ao lado da clínica "Desejos" de Mércia Oserov. As ruas principais e travessas se resumem a um total de trinta e duas. Passam dois garotos de skate, há uma dúzia de garotas dedilhando seus celulares na frente de uma sorveteria. Algumas param e se viram para o ver passar e depois voltam os rostos para as telinhas iluminadas. Um carro passa em câmera lenta tocando música quase sertaneja que sugere traição.

Ele prefere rock dos anos 60. Como sabe disso?

Não esquecera tudo. Entra nessa lanchonete, cor roxa, e vai até o freezer, pega um fardo de cervejas long neck, um maço de cigarros qualquer, um pote de sorvete, suco e um refrigerante. Poderia levar algo mais forte, mas quer medir a febre. "Mulheres" — sem memória, mas, mulheres... O moço do caixa o olha atentamente enquanto devolve o troco, está devolvendo menos do que deveria e esperando uma reação; o que não ocorre e ele sai sem agradecer. Talvez volte outra hora. Essa noite está quente como quase todas as outras desde que chegou. Está levando sua arma. Imaginou-se *passando* o caixa da lanchonete. *"Estúpido"* — pensa enquanto ajusta melhor a pistola na parte de trás da cintura. Ele é violento e agora está ciente disso; por instinto? Numa esquina no meio dessa noite, há um guarda-sol e uma vendedora tímida oferece seus buquês de rosas-amarelas. Ele não sabe se está sendo punido, como não sabe se leva flores. Incrível... sente como se a cidade se movimentasse coordenando o seu encontro. Poderia ser uma simulação... poderia. Essa é uma questão curiosa, que parece se agravar a cada hora. "Essa maldita amnésia" — sabe disso.

A travessa 22 começa com a casa número 62. Ele terá que andar por quarenta casas até chegar ao seu destino. "Isso é sério mesmo? Nada tanto assim, Brisa merece". A situação parece evoluir para melhor. É uma rua pouco iluminada, porém muito bem arborizada, quase um cenário de cinema, com o luar desenhando as copas das árvores contra um asfalto, novo e impecável. Alguns jardins são bem cuidados, há casos em que as casas estão escondidas por muros altos, e algumas delas lembram caixotes de concreto. Não há lixo nas ruas, mas... há um pequeno animal, talvez um gato — irreconhecível — fora atropelado.

O cheiro é típico — além das tripas, sangue e fezes expostas; e ele se pergunta como alguém pôde tê-lo deixado ali. Está suando, mais que o normal. A lua está cheia e cria uma expectativa ainda maior dentro dessa densa e confusa massa de sentidos. Para embaixo de um poste para checar os cabelos, que estão uma bagunça, e a gola da camisa; tudo bem, coloca a mão no bolso e equilibra o volume da virilha. Pudor, ainda sabe o que é.

"Estranho, muito... muito estranho", pensa, observando a cena mais adiante. De longe, enxerga três pessoas em frente à casa 04 — a casa de Brisa! Há alguém fora de si. Uma mulher morena acompanhada do talvez marido; gesticula intimidadora. Se apressa.

— Você atropelou e não socorreu nosso bebê! "Como assim?" Se aproxima cauteloso da conversa esquisita. Vê a guia da coleira na mão da mulher. "Bebê? Seria um bebê?" — ironiza.

— Vimos seu carro, e você não parou nem para tirá-lo da rua! Só por que trabalha com o delegado, não pense que isso ficará assim! A mulher grita ensandecida. Brisa parece desconcertada.

— Sinto muito, mesmo, do fundo da alma e do coração. Ele estava nas sombras e entrou na frente do carro. Eu não parei por que tenho muita pena dos animais e tenho problemas em socorrê-los nesse estado! Ele se aproxima escutando tudo aquilo e os cumprimenta.

— Boa noite. Tudo bem, Srta. Brisa? Diz, polido e cauteloso.

— Pronto! É o que me faltava, mais uma aberração? Deem um jeito nisso, já que estão juntos, ou iremos até à delegacia amanhã cedo! A mulher revoltosa parte enfurecida com seu homem mudo que ao passar olha-o de cima a baixo.

— Oi? Brisa, tudo bem? — pergunta timidamente, com as sacolas nas mãos e com a testa suada e franzida com ar preocupado. Ela se aproxima lacrimejante para um abraço; o puxa pela gola da camisa e o arrasta para dentro da casa; as sacolas vão ao chão. Há uma teoria de que tensão gera excitação. Tudo ao redor está à meia luz, como se ela precisasse mesmo de um encontro e investe num beijo longo e profundo. Isso o surpreende, sente-se vulnerável, preocupado, porém, confortável. Se permite perder-se no tempo por uns minutos, enquanto ela vai dominando a situação, coração acelerado, corpo em alerta e... a arma! Ela termina por encontrá-la e a retira da sua cintura com facilidade e a coloca sobre uma mesa lateral ao lado do sofá. Sintonia. Já nus misturam-se aos sons da noite; música dos grilos, carros, buzinas e a tristeza de um latido a menos. Apesar de tudo, tudo parece perfeito. Ela o quer mais e ele a terá, mais e mais. Gostaria de não ter tanta certeza.

"Tatuagens são uma forma de identificação ou pertencimento em um grupo de pessoas, seita, símbolo pessoal de poder, de proteção ou lembrança de alguém que se ama ou partiu", ela diz, enquanto alisa seus cabelos, pega uma mecha entre os dedos e toca seu rosto.

— Camila ou Cecília? Ela pergunta sobre o "C" na sua testa.

— Tive namoradas, mas não lembro delas no momento — ele responde e pergunta sobre os exames aos quais fora submetido.

— Sim, vou lhe contar. A metade dessa cidade, tem contratos com essa mulher, Mércia Oserov, minha patroa e dona de quase todas as decisões tomadas por aqui. Você foi o primeiro a passar por essa bateria de exames ridículos.

— Também não entendi — responde.

Ela o beija e diz:

— Vou te contar o maior e mais intrigante mistério dessa cidade. A Mércia Oserov, é uma mulher estranha, foi praticamente uma das pioneiras dessa cidade e montou a Pousada da Lua com 20 e poucos anos. Seus pais morreram um pouco antes de ela descobrir que estava grávida de uma figura estranha. Albino, pelo que diziam.

— Você lembra o nome dele?

— Não lembro, mas começava com "S", isso posso garantir.

O tal moço nunca apareceu para assumir a paternidade e ela ficou em maus lençóis. Essa sociedade, como a maioria, é cheia de hipocrisia, e como ela não tinha muitos meios para se proteger, casou—se com o antigo delegado Victor Benzi, meu ex-patrão. Ela queria um menino e acreditava ser um menino, e naquela época, por aqui, era impossível saber o sexo do bebê com antecedência.

O fato é que nasceria "a bebê". Ela passaria os anos subsequentes a vestindo como menino, cortando seus cabelos bem curtinhos e a tratando como tal. E a Rafaela, mesmo sendo batizada e registrada, seria chamada de Rafael, apenas pela mãe. Caso fosse pega brincando com bonecas com outras meninas, era espancada. Só usaria roupas de menino, e aquele cabelo, lisinho e castanho-claro, lindo, nunca cresceu. Deveria ser ruivinha e sardenta como Mércia, mas creio que tenha herdado um pouco a genética do pai, fosse quem fosse. E ninguém, jamais, ousou desafiar a megera. A população da cidade nunca aceitou esse sofrimento da pequena Rafaela e fazia o máximo que podia para amenizar o sofrimento da pobrezinha. Ao completar 14 anos, tomada de revolta pela loucura e devaneios da mãe, desapareceu... sumiu. A Mércia teve ataques de fúria, contratou detetives, equipes da polícia para encontrá-la, em vão. Boatos se espalharam dizendo que a Rafaela não teria fugido e estaria presa pela mãe num quarto secreto da pousada; e que a teriam visto roubando comida na cozinha de madrugada.

Lembrou-se da luz do quarto, que se acendeu acima do seu.

— Então avisaram a polícia, também em vão. O marido e delegado Victor Benzi acobertaria quaisquer atitudes da mãe. Chegaram a revistar o local. Rafaela, entretanto, nunca foi encontrada e não mais voltou. Poderia ter fugido com um namoradinho, sido sequestrada, morta ou se mantido escondida? Não se sabe.

Desde então, a Mércia — que na minha opinião é uma bruxa — usa esses garotos, jamais garotas, e os obriga a serem—Rafa".

— O que seria isso além de uma doença mental, atitude de gente má, perturbada, perversa e, por que aceitam?

— Uns trocados, comida, bebida e a imortalidade? — ela ironiza. As pessoas acreditam no sobrenatural. A imaginação faz o invisível se travestir em sombras assustadoras. Você não tinha mesmo essa tatuagem antes da noite do grito?

— Acho que sempre a tive e não me recordava — reponde, vago. Sem noção do rumo dos fatos ou se a conversa havia ajudado, decide ir embora. Ela implora que não o faça.

— É tarde, e as pessoas daqui não são muito amáveis com estranhos.

— Você é suspeita para dizer isso, 'mademoiselle'. Riem.

Está quase amanhecendo quando ele chega à pousada. Não lembra de ter visto mais nenhum "bebê" morto pelo caminho. Lembra-se da última frase que Brisa lhe disse: *"Não mostre essa tattoo a ninguém até que eu descubra mais, sobre o que está havendo"*. Ela havia visto algo a respeito na TV, mas não se lembrava de qual o assunto. Háverá outro Rafa na recepção, com traços delicados, quase femininos. "Vai ser mais bem pago que os outros" — supõe, subindo as escadas, quase desmaiando de cansaço e sono.

Capítulo 3

Confissão

Está acordando e se põe a observar a inclinação da escada que leva ao piso acima do seu e que desequilibra visualmente o teto do quarto com aquele armário embutido sob ela, claramente improvisado, nada decorativo, apesar de utilitário. Tenta imaginar qual seria o coletivo de sonhos, pois toda essa manhã fora recheada deles. E, entre os mesmos, esses pequenos lapsos intercalados, cartas embaralhadas, que a cada rodada trazia novas possibilidades. "Por que não jogos de boteco, tais como truco, cacheta ou pôquer?" — indagaria. Por fim, se revelariam como cartas de tarô. Angustiantes combinações se revezam: a Serpente, o Caixão, a Lua, a Estrela e a Morte.

Essas cinco coadjuvantes, e ele o protagonista, o Louco; num desenho de arlequim trapezista, flutua sobre as outras. Havia os cartazes do lado de fora e algumas pessoas repetindo palavras de ordem. Fecha os olhos, abre-os em seguida e percebe sua obsessão pela escada, imaginando se está sendo vigiado pelo piso superior. Paranoia, compreensiva. Há uns dois dias fora apresentado pelo delegado aos comerciantes locais mais antigos, num salão anexo à prefeitura. Um encontro formal, cheio de informalidades. Não os reconheceu ou o contrário; apesar de alguns rostos parecerem familiares; de quem? "O senhor lembra do sobrenome da sua família?" "O nome do seu pai, da sua mãe, de algum parente?" — Ele não se lembra do próprio nome! Isso confirmava sua tese de que esteve fora por uns trinta anos, ou mais, o que mudaria sua aparência e a dos outros. Ou o teriam deixado na hora e no lugar errado e com as pessoas erradas. Estariam tentando descobrir quem ele era — fato. Tem alguma raiz aqui, mas, por parte de quem? Mércia Oserov? Nunca ouvira esse nome antes. Essa quase cidade carrega a marca de Mércia, com uma identidade visual de cores frias — roxo, azul e verde — e as letras M e O sobrepostas. As iniciais dela estão presentes no posto de gasolina, prefeitura, farmácia, mercado, sorveteria, menos na Pousada da Lua. A mesma lembra um desses soturnos casarões, tal uma mansão inglesa construída em madeira escura a ser alugada por um conde da Transilvânia. Apesar da claridade interna da recepção e da decoração kitsch, traz uma ferida escondida na fachada e um pesar solene, que se evidencia já no jardim, florido, mas sem vida. A gravação do seu grito serviria para quê? Iria o delegado tentar incriminá-lo por algo? Acaso, sim, o que seria? Perturbação da paz? E qual a real história por trás da fortuna dessa tal Mércia e quais e quantas pessoas já teriam visitado Lindau e com qual intenção? Rafaela, teria se apaixonado por alguém, fugido ou estaria morta? E essa escada leva aonde? Essas dúvidas e a ansiedade. Alguém ali mentia; sobretudo sobre tudo. Há a construção de uma trama, enredo, teia, crescendo e rondando como um lobo à espreita, e ele não se sente parte dessa alcateia. Sente-se, sim, monitorado no centro, no eixo desse mecânico mundo que gira lento e sorrateiro ao seu redor. Nas esquinas, nem um policial (mesmo à paisana) e ninguém se drogando como nas notícias diárias. As ruas e as calçadas estão sempre limpas, sem folhagens dessas velhas copas de enormes árvores, algumas centenárias. Não viu garis, ou senhoras cuidadosas com suas vassouras de bruxa a varrer. Sabe que gosta de pisar em folhas secas pelo chão, gosta de bichos e se banhar em rios. Sabe que algumas das casas, muitas delas, foram construídas em madeira maciça e o lembram de arquiteturas alemãs ou de outro país europeu. E há essa espécie de coreografia sem ensaio em que ele se encaixa. Nada se parece com uma infância ou um local onde ele pudesse ter vivido. "Há cheiro de dinheiro, segredos e mentiras por aqui, formando essa trindade sedutora e perigosa" — fareja os cantos, como um cão perdido e sem dono. Ninguém nesse momento poderia substituir sua nova conquista acidental, dentro desse destino trágico e dessa situação indefinida, junto a essa Brisa — *leve, do campo e quente como um vulcão* — do Carmo. Pretende encontrá-la novamente em outras noites e dias e, se tudo se esclarecer, por muitos anos ainda. Tem o direito de sonhar? — pergunta-se apreensivo. Afinal, alguém poderia ter lhe tirado isso e nada poderia ser descartado agora. Haveria alguém em algum lugar como um titereiro lhe tratando como uma marionete, movendo as tais cordinhas do seu destino? Há tecnologias, e além dessa arma, todo esse dinheiro pode comprar chips e celulares, mas, para quem iria fazer uma primeira chamada? Como iria fugir com esse dinheiro e sem documentos? Quem estaria por trás disso tudo? Além desse quarto não parecer o melhor cômodo dessa pousada, há outras pessoas circulando por aqui. Tem certeza de que está sem documentos e sem memória. E esse nome, "Seraphião" que se repete de tempos em tempos?

Liga uma pequena TV vintage, posta numa mesinha aos pés da cama. É possível assisti-la desde que se coloque ao menos dez travesseiros sob o pescoço; ou fica-se vendo os dedões dos pés. Ouve acidentalmente o início de uma entrevista e a garota a quem chamam de Síria Lamine parece estar em evidência na mídia e representa alguma entidade ou movimento social. Como se ouvisse uma voz conhecida no meio daquilo tudo, para o que está fazendo e a escuta— *No meu país, é comum ver homens de mãos dadas ou se beijando nas ruas. A segregação de gênero, nos países muçulmanos, de onde venho, revela que o homo social é valorizado por desvalorizar outros comportamentos que não sejam aprovados pelos seus iguais. Como podemos respeitar homens que se beijam em público e termos que usar burcas... Como nos defenderemos numa sociedade sem respeito? Nossa luta é por pessoas perseguidas e até mesmo prejudicadas no âmbito profissional e..."* Não, não é uma voz conhecida, mas parece que conheço essa moça atrás dela" — atenta. É uma moça alta e carismática, com seu cabelo preto espetado, lábios bem definidos por um batom roxo da mesma cor de uma mecha do cabelo e uma jaqueta de couro, camiseta branca e um colar de corrente e cadeado; estilo meio punk. "Brava" — analisa e volta ao problema.

Como dará os próximos passos?

Primeiro, fecha a porta e vai checar a mala e os valores. Sente-se impotente diante do seu próprio poder. Todas as cédulas ali em dívida com a explicação e resolução desse mistério; esse apelido, "Sr. Mistério", é tão adequado. E essas roupas, que não fazem seu estilo, mas que estilo? Com essa premissa de que todo louco deve estar internado, tentando dormir nas calçadas ou sendo assistido pelo Estado, planeja dar uma última cartada. Precisa que alguém o leve para fora dessa cidade. Ou diria ao delegado—Olhe só, delegado Régis, sou um homem rico!" — na melhor das hipóteses, imagina-se preso até esclarecer a procedência do dinheiro e da mala. Poderia também apostar todas as fichas em Brisa do Carmo como sua única e perfumada salvação. Pensa que não e finalmente conclui que—Estou agindo como se fosse refém do problema, quando sou a solução!".

Desliza escada abaixo e chega, ofegante, à recepção, deparando-se com uma cena sui generis. O padre Simão, em trajes informais, sem a batina e quase irreconhecível, parece estar lhe aguardando. É a figura típica do padre à paisana da cidade do interior. Está estático, com as duas mãos cruzadas à altura da cintura e com os dedos entrelaçados, que dão a impressão de que ele segura sua barriga proeminente. Aparenta uns setenta anos e está bastante calvo. Calça social cinza grafite escuro, passada a ferro com vinco, sapato social preto extremamente brilhante e camisa social azul clara com mangas curtas e colarinho clerical. Ele o olha, observando e absorvendo cada detalhe, como formando uma nova rede neural nesse HD cerebral danificado, e que precisará do máximo de dados possíveis para prosseguir sua investigação. Ele se aproxima lento e com olhar intimidativo de alguém realmente incomodado e sinal de decepção no seu rosto corado pelo vinho.

— O que você estava fazendo — pelo amor de Deus — em cima do telhado da minha igreja? — diz com a voz sussurrada. A pergunta o surpreende, mas não crê que o padre o possa ter delatado, pois ninguém o havia censurado até agora.

— Acho que devemos subir até o seu quarto para que você possa se confessar, meu filho. Ele sabe que não faz muito sentido se confessar no quarto, mas acatará a sugestão. Após subir todos os degraus com certa dificuldade, o padre Simão pede alguns segundos para recuperar o fôlego antes de entrar.

— Bem-vindo ao meu cativeiro, padre, acredito que alguém tenha me sequestrado e só não quis que eu dormisse na rua.

— Acho que devo discordar. Pessoas sequestradas não passeiam de madrugada para subir em telhados — o padre refuta e continua — vim aqui ouvir sua história, toda, e quero que me conte o que omitiu durante a confissão naquele dia e inclua a parte da escalada. Percebendo que o padre parece ter todo o tempo do mundo, respira fundo, a se recompor, encosta a porta e senta-se na cama, enquanto o padre Simão se acomoda na bergére.

— Padre Simão, me perdoe, eu não me lembro do que me levou a subir no telhado da sua igreja. Não sei de onde vim, ou quem acho que sou ou o que acham que sou. O padre muda de posição na poltrona.

— E creio que alguém possa estar me punindo por algo que fiz ou deixei de fazer. Não lembro meu nome, estou sem documentos e... desde que cheguei ou acordei por aqui, todas às vezes que consigo dormir tenho pesadelos, sonhos e alucinações. Sempre ao acordar, não lembro de nada que se encaixe. Sei que tenho motores a consertar e as mãos sujas de óleo diesel e alguém está me procurando. Cartas de tarô, índios, rios, cambalhotas e voos em cipós, trapézios, árvores...

"Ôoooo, vá com calma! — o padre pede e confirma. Temos de tudo isso por aqui, menos mar. Temos o rio Tocantins — longe, um pouco — temos aldeias. Baleias não temos... — continue.

"Não vejo sentido estar em um casarão enorme desse e sei que falo em alemão — no sonho — canto em língua esquisita e acho que tem uma moça que parece uma indígena que me segue em algum lugar, tintas, tatuagens e receio nunca mais recobrar a memória. Gostaria de saber mais sobre os moradores dessa cidade. Ontem estive com uma moça muito simpática do laboratório, Brisa do Carmo.

"Sim, eu a conheço — diz e reitera: Boa moça, mas é ateia, uma pagã, acho que até o diabo a esqueceu.

— Ela me falou sobre uma menina, a Rafaela Ose...

— Pare, pare! — pede o padre Simão, interrompendo com a palma da mão levantada em sua direção e em seguida continua.

— Essa é a história mais triste dessa cidade. Creio que você faça parte de algum mistério daqui, enquanto isso me conformarei com o que você decidir me revelar. Talvez fosse errado tocar nesse assunto; mas, vou te falar um pouco a respeito:

— Essa cidade foi fundada há mais de quarenta e cinco anos

pelos familiares da Mércia — essa mulher terrível; Deus me perdoe. Ela sempre foi muito bonita e desmesuradamente quente — faz o sinal da cruz — e quando tinha lá seus dezesseis anos ou mais, conheceu um rapaz estranho, diferente. Segundo ela, um tipo desses que encantam... é: *boto cor de rosa, boi tatá, mula sem cabeça,* essas bobagens. Ela ficou grávida — não se sabe se dele ou não — e os pais dela morreram logo em seguida, ou foram assassinados, por envenenamento. O mistério é que o Klaus Hoffman, desafeto do pai dela, também fora morto por veneno — não sei se você percebe a ligação entre os fatos — conjectura. Ela vendeu as terras e nos doou a casa deles para ser a nossa igreja, essa, que você subiu no telhado. Em seguida, adquiriu esse imóvel, esse casarão, a preço módico, pois estava praticamente abandonado. Tornou-se a obsessão dela, por ego. E ninguém gostou muito, mas ela fez o negócio.

— Pobrezinha da Rafaela — muda de assunto subitamente, e o semblante fica pesado. Sinto muita falta dela, foi minha melhor amiga e companhia na igreja, sempre me ajudava como podia. Parecia mesmo um menininho, e se aproximavam dela como lobos se aproximam de cordeiros. Havia sempre dois lados — o dela, a inocência e o do outro, a luxúria. E todas às vezes que confessava, me vinham lágrimas aos olhos. Sei que Deus jamais perdoará a Mércia. "A versão desse bom velhinho celibatário é praticamente a mesma de Brisa do Carmo. Pouca ou quase nada me foi acrescentado. Mas, no fim das contas, foi ele quem se confessou".

— Tenho mais duas perguntas a fazer, padre.

— Sim, meu filho.

— Qual sua opinião sobre o laboratório subterrâneo que fica no piso inferior da delegacia? Achei grande demais e muito sofisticado para essa cidade...

— Meu filho, esse assunto é tabu. Há um boato de que Rafaela fugira com uma das médicas, exatamente a que fora contratada para fazer uma cirurgia de mudança de sexo nela. A idade das duas não era lá muito compatível, a Rafaela teria algo em torno de 14 anos e a médica o dobro, e... uma amiga dela, a Margot, andou se comunicando com ela depois, por internet. Não uso essas tecnologias, atualmente são um abuso de poder do "inimigo" — Deus me livre! Mas, faça a outra pergunta — visivelmente constrangido, muda o foco.

— Indo em direção à casa da Brisa, percebi que a avenida principal é um círculo. É uma obra estranha, esse tipo de malha viária numa cidade como essa não é comum. O que o senhor me diz?

— Sinceramente, desde o envolvimento da Mércia com esse rapaz, "Seraphião - Cabeça de Lua" — que nome! Comecei a imaginar que a ideia dela seria enviar um sinal a ele. Ele se tornou a obsessão e a aversão dela. Ódio puro. Se você for até o escritório dela, vai ver uma foto aérea com esse círculo — me perdoe a ignorância — que parece imitar a lua; ou seja, onde a pousada se localiza. Mas esse tipo de obra não é privilégio apenas dessa cidade. Essas vaidades deveriam partir de uma mulher? — discorda. Esse casarão era diferente. Ela gastou uma fortuna em decoração; e sinceramente, você merece um quarto melhor que esse. Olha ao redor, como que farejando... mofo?

— Olha, padre Simão, pelo fato de eu estar nessa situação, acredito em tudo. O senhor teria alguma foto desse moço "lunar"?

— Tenho. Quando herdei a casa no morro encontrei algumas no quarto dela, creio que tenha deixado cair por lá. Da próxima vez trarei. Sei que vim tentar descobrir por qual motivo você estava no telhado, mas desisto. Espero não ter incomodado. Até logo e lhe vejo na missa. O padre se levanta e sai. Ainda na porta, seu celular toca. Ele atende, se volta e fica paralisado, perplexo, o olhando enquanto escuta quem fala do outro lado.

Capítulo 4

Genes

Então houve a princípio, a criação de uma respeitosa amizade entre as duas famílias, apesar de suas diferentes opiniões a respeito da guerra e dos motivos que os moveram até esse país. O senhor Pavel Oserov tinha uma inclinação natural para biólogo e pesquisador, e o bioma ao redor o colocava num estado de intensa conexão com esse meio ambiente. Infelizmente, entre ele e os nativos da região não existiria reciprocidade: o russo era visto apenas como mais um, branco, estrangeiro, mal-intencionado e abusador. Os Hoffman, por sua vez, construíram quase todas as casas da região, inclusive a dos Oserov.

Era quase uma constante Klaus negociar madeiras em serrarias ou parceiros ligados aos Oserov. E isso não o incomodava. Porém, o casarão dos Hoffman, que ficava a mais ou menos duzentos metros morro abaixo, se destacava e seria, futuramente, um dos mais cobiçados da região; inclusive por Pavel Oserov. Primeiro por ser um modelo em estilo vitoriano europeu arrojado, com três pisos e mais de 10 quartos. À frente da mesma havia uma entrada suntuosa, e um grande jardim com flores das mais belas cores, perfumes e origens. Era motivo de encantamento e uma inveja indecente por parte de Samaria, esposa de Pavel. Do alto do morro, ocasionalmente, ela se punha a observar e cobiçar cada colorida pétala. Durante as noites a fachada mostrava ao longe suas oito janelas e suas luzes. Toda aquela majestade e imponência denotava um crescimento financeiro similar aos mais agressivos rendimentos da competitiva família Oserov. Conta-se que numa noite de festa de fim de ano, os dois patriarcas se desentenderiam e esse fato deixaria um deles com a esposa viúva e seus quatro filhos pequenos, órfãos. Nesse caso, Klaus Hoffman. O seu sobrenome "Hoffman" se traduzia em—homem que trabalha no campo" e naquela noite ele havia feito uma proposta de compra para a casa do Pavel Oserov. Infelizmente, o pai de Mércia viu a proposta com outros olhos e imaginou-se sendo lesado e retirado das suas terras. A proposta incluía a compra da casa e alguns alqueires de terra para cultivo. Da mesma forma que o pai de Mércia já havia confessado em algum momento o interesse real em adquirir o casarão. Mas, Klaus Hoffman se adiantou e, com reservas em dia, poderia oferecer uma quantia vultosa a Pavel Oserov — que não só recusou, como desconfiou. E a discussão terminaria na morte do Sr. Klaus — por envenenamento. O dinheiro que ele teria levado para persuadir Pavel Oserov, despareceria; juntamente com a proposta.

Naquela mesma madrugada, na pequena e incipiente cidade de Lindau, o casarão viria abaixo sem seu esteio. Perto da meia—noite, após a notícia chegar até os familiares, um grito lancinante foi ouvido à longa distância, deixando a cidade impactada e com a incerteza de quem poderia tê-lo provocado. A Sra. Hoffman não teria sido, pois sua condição pulmonar era insuficiente para tal.

Pouco tempo depois, Heidi Hoffman, a viúva enlutada, com quatro filhos ainda novos e sem o apoio de uma profissão, começou a ter dificuldades em manter a propriedade, por conta de sua manutenção, começou a perder dinheiro. Sem tino comercial e com as dificuldades de idioma, terminaria por ser roubada, enganada e mesmo ameaçada. Os Oserov nunca foram punidos, por influência de amigos poderosos e do seu persuasivo, sujo e repulsivo dinheiro. Os meses se passaram e a viúva decide vender o casarão, menos para os Oserov — com razão.

Após alguns anos, essa construção passou a ser menosprezada. Seria grande demais e a manutenção sempre traria prejuízo. O prefeito da época a tombou como patrimônio histórico cultural. Um sem número de celebrações aconteceria por ali, por influência dos movimentos artísticos contemporâneos de teatro e música. E não raro as festas se assemelhariam ao estilo de bordéis parisienses e isso faria com que sua fama se espalhasse. Tornar-se-ia um entreposto de todo tipo de prazeres, contravenções e negócios escusos. Então, como tudo muda, houve também o auge da sua decadência, restando alguns contos e relatos mirabolantes sobre suas noites mais brilhantes. Ardilosamente, anos depois, uma órfã da região o iria adquirir a preço de ouro e daria uma nova função a esse estabelecimento. Em especial, por conta de um dos contos populares aos quais lhe era atribuído.

Esse, o mais soturno de todos, falava sobre um garoto que se tornara o artista mais controverso e talentoso da região. Um rapazote de pele branca como um papel, com mais ou menos 13 anos, que executava malabarismos, contorcionismos e cantava com sotaque enrolado; entretanto, divinamente. Parecia inclinado a permanecer como um estranho e continuar incógnito para sempre ou, enquanto conseguisse, manteria o mistério da sua procedência, parentesco, linhagem e origem.

A Segunda Guerra — mesmo após seu fim — arrastaria consigo os mais diversos e insólitos assuntos, mitos e boatos. Um desses, era de que o mocinho, branco como trigo e arredio a todos, poderia ter sido fruto de uma experiência feita pelo estranho médico alemão que servira ao lado perdedor nazista. Dada a aparência e agilidade com que ele se movia, saltando e com habilidades de um ginasta olímpico, o garoto impressionava os visitantes ao aparecer dependurado pelas terças da tesoura do teto do casarão. Espectadores saudosos dessa época dourada diriam entre si—*Ele praticamente andava pelo forro como uma grande aranha branca, era assustador e bonito ao mesmo tempo." "Cantava e declamava poesia, mas era arisco."* Como as experiências desse tal médico alemão se utilizavam da eugenia, visando desenvolver super-humanos e uma tal raça pura, a cada dia que se passava aumentava a curiosidade de todos. Um jornal da época chegou até Lindau com uma manchete de que o tal médico — "Anjo da Morte" — poderia ter fugido e vindo para o Brasil ou Argentina. Suas experiências em humanos, incluindo testes de manipulação genética, haviam gerado inúmeras mutações. Já havia dois anos que o casarão estava em recesso e o que se diz é que o tal moço passou a fazer suas aparições pelas regiões, sempre cantando e seduzindo mocinhas inocentes. Por sua forma física e talentos indiscutíveis, essas mocinhas curiosas queriam seduzi-lo e tê-lo para intimidades — o que ele, sem reservas, permitiria; mas eram cientes de que ele despareceria em seguida. Suas idas e vindas eram recorrentes, entre as fases das luas nova e cheia.

Outro boato era de que, mesmo após a morte do patriarca e ex-proprietário Klaus Hoffman, ele continuaria morando sozinho por lá. E, pelos cantos escuros do casarão, veriam, vez ou outra, um enorme morcego branco dormindo dependurado de ponta cabeça nas terças do teto. Eram boatos e não se tornariam fatos.

Havia também quem sustentasse a hipótese de que esse seria um filho adotivo dos Hoffman, de origem judaico-alemã, e que depois de fugir teria sido encontrado por uma tribo da região, a da etnia Salumã Nawê. Coincidentemente, essa mesma tribo, ao final desse ano, celebrava o ritual Salumã, saudando os espíritos celestes, a lua e a fartura do mel. E numa dessas noites de lua cheia, o encontrariam escondido no apiário que o Sr. Klaus havia construído na aldeia. Eles o teriam batizado de "Ser-apì-áo" ou "Ser do apiário". Era apenas uma forma de mitificá-lo e a pronúncia sairia errada ao tentar pronunciar o nome Seraphião.

Porém, o melhor de todos os narradores dessas histórias seria o padre Simão, de Limoeiro de Anadia — Alagoas. Há mais de 30 anos nessa região, fixou-se nessa quase cidade por conta de ordens da sua arquidiocese, e seu confessionário tornou—se muito mais interessante e lotado a partir de então. Lindau, não era um nome condizente com os aspectos culturais e o tecido social da comunidade. Mas, por ensejo de um dos políticos ao qual o Sr. Klaus Hoffman teria se entendido, um patrício com mais tempo de residência do que ele no Brasil, decidiu, junto ao governo de Goiás, dar-lhe esse nome. Anos depois, outro estado — Tocantins — seria criado e a cidade seria incorporada a ele e ficaria a uns 60 quilômetros da sua capital, Palmas. Até então, a igreja onde celebrava sua fé com alguns dos moradores funcionava num anexo ao lado da prefeitura que servia para reuniões, festas e velórios ocasionais. As confissões realizadas eram quase uma conversa entre amigos, uma vez que o único padre disponível da cidade. Porém, depois dessa nova igreja doada por Mércia, tudo mudaria. A grande casa no alto do morro, que pertencera aos seus pais e fora construída por Klaus Hoffman, era um exemplo de amor à profissão. Após a reforma, foram retiradas algumas paredes — as tábuas serviriam para confecção de bancos genuflexórios — e finalmente haveria um confessionário. Das casas menores, a das máquinas seria a casa do padre e a outra como sacristia e de apoio. Tempos depois, o padre Simão confessaria aos seus superiores que, ao se deitar, ouvira, por vezes, alguns gemidos vindos do seu interior. E que certa vez, ao se levantar para averiguar, teve uma sensação de que a casa ventava de dentro para fora. Alguns dos fiéis também descreveriam esse fenômeno, cada um à sua maneira. Apesar do falecimento ou assassinato dos Oserov em seu interior, a maioria dos fiéis e moradores de Lindau não pactuava com a ideia da presença de fantasmas. Talvez a própria necessidade de uma igreja daquele porte e tão bem construída os fizesse crer que os Oserov tivessem ascendido aos céus por conta do desprendimento da herdeira, sua filha Mércia. Entretanto, essa anomalia teria fim exatamente no dia em que Rafaela

Oserov, a neta, que nunca conheceram, foi batizada. Durante o ato, ao redor da pia batismal, a fantasmagórica e leve brisa perfumada adentrou o ambiente, como que num sinal de bençãos à pequenina, para em seguida se despedir do local, interrompendo enfim suas atividades. Misteriosamente, naquela noite e durante meia hora, uma garoa fina caiu apenas sobre aquela casa, e em nenhum outro lugar. E como testemunha, o padre Simão sentiu que, de agora em diante, aquele local seria apenas a casa de Deus.

Mércia Oserov, aos 14 anos, já era uma mocinha ruiva, com algumas sardas — típicas da ancestralidade eslava — e tida como precoce. E, além das prerrogativas que uma família abastada podia lhe oferecer, era uma filha única, peculiar: vaidosa, arrogante, astuta, narcisista, sedutora e ambiciosa desde a mais tenra idade.

Duval de Paula, moço vizinho de uma das propriedades dos pais dela, aventureiro nato e pretenso a futuro político da região, confidenciaria a alguns amigos que ela se mostrara — quente, 'anormalmente' quente. Outros rapazes da mesma faixa etária temiam qualquer envolvimento, pois, caso fracassassem, poderiam ter seus nomes envolvidos em boatos depreciativos. Mércia tinha meios, era mais que conveniente, cobiçava e era cobiçada.

Até que...

"Alguém devia tê-los avisado dos perigos do amor. Mas não houve tempo, o tempo agora era dela e ela se distrairia com o seu boneco de neve. A luxúria e os pecados se ausentaram naqueles dias e o que seria amor se tornaria uma doce devassidão, compartilhada entre os dois, em pleno acordo e deleite. Sopro de vida nunca provada, renascimento entre

as frutas de um novo jardim edênico. Mamilos mordiscados como amoras rosadas presas à sua pele de pêssego, as línguas entrelaçadas não achavam saída. Ela não queria saber seu nome, mas ele o tinha e era tão estranho quanto ele: Seraphião. Sua linhagem, como ele dizia, era dos lunários e ela o apelidou de 'Cabeça de Lua'. Seus cabelos brancos esgarçados, quase à cor da pele que lembrava trigo, enquanto ela descia do peito ao umbigo, viciando a língua em seus poros de sal líquido a suar. E passou a amassar cada pedaço de músculo que quase devorava e assim o alimentava de confiança e amor. Havia acima deles esse novo céu noturno; todo esse brilho cintilante e repentino, que para esses dois novos habitantes desse novo Éden repetiria o mesmo efeito pernicioso e nocivo para quem não conhecia seus genes. Ele pedia paz e pais, pois não os tinha mais. E sua mãe, Jaci, como chamava a lua, era a única explicação para sua pele branca em noites de prata. A noite prata, onde a sua mãe se mostrava risonha sobre os campos, banhando os rios com seus mares de serenidade. Em vão, não havia paz no seu coração; e os pais do seu amor não o queriam ou sua aproximação."

Mércia, agora, em 1994, aos 16 anos, com todos os encantos que a natureza lhe dera e apesar de tudo que uma boa família pudesse lhe dar, não trazia na alma a misericórdia da qual seu nome se traduzia. E tramava. Para não ficar sem amor ou na miséria, tramava. O mundo se tornava cada vez mais frio e tecnológico, e ela tramava.

— A partir dessa noite teremos paz — disse a Seraphião, após o êxtase que só ele a proporcionava; seu *boto branco* particular.

— Podemos fugir, ir para um grande centro, o mundo está

mudando e em outros lugares poderei ser melhor aceito — ele sugeriu. Mas não, ela queria tê-lo nas mãos, ali no meio do nada, no sertão florido do tecido do seu vestido, e prendendo-o dentro de seu encantado, quente, pulsante e dançarino coração.

" *Flores e perfumes, encantos e venenos, de hoje para sempre nos teremos.* "Cantou essa canção com um buquê de flores estranhas nas mãos; e o beijou, selando essa promessa com um gosto estranho nos lábios e um brilho estranho no olhar. Ele a ouviu e temeu.

Era a tarde que chegava e ele correu, com suas pernas brancas e cheias de velocidade, e ele sabia onde os pais dela estariam. As plantações eram gigantes e ficavam longe dali — uns vinte minutos a cavalo — o qual roubou e pela estrada rumou em disparada. Era perto das 16 horas e precisava avisá-los. Nunca foram carinhosos com ele e nada tinham a lhe oferecer, mas se negaria a carregar esse crime ou sua cumplicidade. Mércia, sua amada, havia enlouquecido. Ele tinha na mente e no coração a certeza de que não se mata por amor. Que culpa eles teriam por ela amá-lo tão perdidamente assim? Talvez a culpa fosse dele. Era certo que eles não os deixariam prosseguir com seus planos. Não lhe dariam uma chance sequer, mas ele tentaria evitar a todo custo que Mércia viesse, ocasionalmente, apodrecer na prisão. Teria que mudar a realidade. Não poderia falhar.

" — Esse estranho não tem nada a nos oferecer, nem a você, nem a ninguém" — gritaram os pais dela. Ele os ouviu e percebeu que ali não encontraria Solo fértil para plantar sementes ou fincar raízes. E dividiu com ela seus desejos, receios e ambições — dizendo:

— Preciso que você entenda que tudo é equilíbrio e não o

teremos; te digo não por covardia. Eu mesmo não tenho pais e não sei onde estão. Já me convenci de que estão na lua, que são lunares. Enquanto o escutava, ela tramava um meio de tê-lo para sempre.

Quase chegando ao destino, vê ao longe algumas pessoas que estão vindo na direção contrária. Depois de algumas informações, sente que ela foi mais esperta e perversa que ele podia supor. " Os pais da mocinha Mércia não vieram administrar nada hoje — estão doentes, de cama" — disse um moço de confiança da família. Ele agradece e ruma em nova disparada pela estrada, já assustado com essa urgência nunca vista. Contra os ponteiros, em vão, ele iria lutar. Já se iam à sua frente, os relógios e os venenos, já sabiam quem estavam a levar e sim, jaziam com a noite e com a morte a lhes buscar. Só há cansaço e tensão, do alto da casa do morro veria a cidade lá de baixo a se enganar. Há poucos vizinhos, mas há quase de tudo por ali. Ao menos há uma farmácia e a prefeitura oferece alguns parcos recursos num decrépito posto de saúde. Poucos o conhecem, então não vai se precipitar. Ao longe, vê o telhado de duas águas da casa cercada de flores de um jardim quase encantado, o pomar e os bichos de estimação. Decide fazer o que sempre faz quando desaparece. Apesar da promessa de voltar à noite para vê-la, ela não o verá.

Voltará, cauteloso e arredio. Subirá ao telhado como um gato, como sempre fez nas noites das suas luas. Hoje ela está em outra fase, entrando em crescente e lembra a letra "C" e ele se lembra de uma garota que nunca esqueceu, mesmo havendo outras. Ao longe, se ouvirão os pipocos de fogos de artifício céus afora. É a comemoração da Copa do Mundo; é noite do dia 17 de junho de 1994 e, enquanto o céu se ilumina por essas explosões coloridas, o seu coração se debate no escuro do peito e sente a dor da angústia e da decepção. "Como ela pode ter feito isso? Eles não merecem minha mão no meio disso tudo", pondera, entre lágrimas.

Do telhado, ele ouvirá os gemidos no quarto; o dueto agônico dos envenenados. E na sala, o cantarolar de uma pessoa que, definitivamente, é mais que perigosa. Que tipo de mulher seria essa? Afinal, ela é filha única e iria herdar tudo. Mesmo depois das ameaças dos pais, que se casasse com outro. Nada mais importava. De repente, a ouve no quarto dizendo—Vocês estão tendo o que merecem, pois se casaram por interesse e não sabem o que é amar de verdade." Enquanto eles gemem lá embaixo pedindo ajuda, ele lá em cima se acovarda. Se buscar ajuda, vai tornar—se cúmplice de um crime que não planejara. A garota Mércia — agora a assassina — sai para o jardim na frente da casa próximo ao portão enquanto o aguarda e chama alto seu nome: "Seraphião – Cabeça de lua... cadê você? Não vem ver o que consegui fazer por nós?" Dança solitária. Ele olha o céu, estalando seu chicote de cores dos fogos de artifício; uns mais bonitos que os outros, se abrindo e desaparecendo em seguida.

" — Ela é uma aberração" — murmura. Os gemidos estão sendo abafados pelos sons e comemorações dessa longa noite, enquanto os que festejam nem sequer suspeitam ser parte dessa trilha de horror. Enfim, depois de tudo, até o silêncio se cala. Ela entra e se recolhe ao seu quarto, sem remorso, entre os lençóis. Em brasa, se contorcerá por horas, possuída por uma febre que ele desconhece. Noite de lua crescente; lua quente.

Do alto do morro, no zênite, do ponto mais alto que a cidade oferece, vislumbrará tudo ao redor até a última coroa iluminada de cores a se fechar, deixando sobre si um céu negro, mais escuro e tenebroso que antes.

Há pessoas que no desespero tornam-se confidentes de Deus e dos anjos e deles recebem auxílio imediato, dependendo da situação. E nesse caso, ele, ali paralisado de terror, olhando o céu cravejado de estrelas, faz seu pedido à sua suposta e iluminada mãe Lua:

—Querida mãe, *Jaci,* me salve. Não posso mais viver assim, nesse mundo injusto, vão me culpar pelo que não fiz. E até a sua próxima fase, quando estiver inteira no céu, desaparecerei e não pedirei de novo' — promete. Quase adormece e delirante volta a si novamente. Há uma leve mudança no clima, na temperatura do seu corpo, que o leva a suar e sente uma breve e fina garoa começando a cair. É uma chuva estranha essa, com um cheiro estranho. "Pétalas ou incensos?" — pensa e fica atento. Acredita ser das cinzas dos fogos de artifício e a recebe de olhos fechados. Mesmo angustiado, trará à lembrança o pai da sua não mais amada. Um senhor russo, de modos frios e distante.

Lembra-se dele ao lado do jardim, quando o viu pela segunda vez, numa hora incerta, e ele estava cuidando das flores exóticas que cultivava numa estufa ao lado da tuia.

— Olá, meu rapaz, venha até aqui.

— Pois não, Senhor Pavel — se aproximou.

— Minha esposa, Samaria, a mãe da Mércia, "gostar" muito de flores de jardim, ornamentais e sem nenhuma utilidade. Você sabia que existe uma planta com seu nome? — diz, sorrateiro.

— Não, senhor não sabia — responde curioso.

— É uma espécie de orquídea, "Serapião", que na maior parte das vezes dá flores defeituosas. E dá trabalho, muito.

Só idiotas a cultivam.

— Certo — ele responde fazendo mímicas; não se importa muito com a conversa e o senhor Pavel Oserov tem um sotaque carregado.

— Porém, ao contrário da minha esposa, a minha filha conhece todas essas plantas ao redor. Não porque a ensinei e sim porque ela se interessou em aprender; suas qualidades e efeitos desagradáveis — caso ingeridas. Falava enquanto cavava com uma mini pá.

— Você tem problemas com sua pele, falta de melanina e deve usar umas roupas que o proteja melhor dos raios solares. Um câncer de pele pode lhe alcançar muito cedo; ou a ira de algum pai contrariado. Dito isso, o Sr. Pavel se levantaria, pegando-o pelo braço e perguntando, com mais sotaque que o normal.

"Se o Pavel Oserov começar a falar com sotaque, corram", diziam alguns.

— Qual "seu" idade mesmo?

— 18 anos e meio, Senhor Pavel.

Ele olha para Seraphião e pergunta em tom de sarcasmo intimidador.

— Com essa pele, "essa" nome e "esse" condição "financeirro" e familiar não me "parrece" que você tenha condições de entrar "num" família como "a" meu. Perguntei por aí sobre seus "familiares" e ninguém sabe de "suas" parentes. Você não é "dessa" planeta?

— Não, Sr. Pavel — responde, certo de que ele acredite.

— Então, pode me dizer "da" qual planeta você veio?

— Da lua, Sr. Pavel — diz, se afasta e efetua uma cambalhota enquanto pensa: "Acho que mataram meu pai — só ainda não sei quem". O homem o observa e gargalha e, ao mesmo tempo, lhe diz:

"— Meu filha" vai me dar netos selenitas? Que piada, não é "mesma!"

Mércia surgiria, alertando-o e pedindo:

"—Mamonas; beladona; ervilha do rosário; teixo; trombeta de anjo e abundância. Ele as cultiva, produz veneno e vende. Para quem, eu não sei. Portanto, mantenha distância e não beba nada que ele te ofereça".

Capítulo 5

Lua Quente

Sozinho no telhado, sob essa garoa, a companhia do desespero é tudo que ele tem. E também a consciência do quanto ela o amava. Mas como alguém poderia amar dessa forma, tanto assim? Estava tomado por um medo intenso, de ter que reencontrá-la. Ter que olhar naqueles olhos cheios de brilho e de loucura; e ter que dizer adeus. Isso seria o fim. Ela o mataria também. As horas avançam, arrastando tudo como um tsunami dentro dessa garoa. Silenciosas ondas que trazem tudo menos solução e o desespero se transforma em resignação. Há um momento em que conclui que essas duas tragédias misturadas só o deixariam livre caso se tornasse prisioneiro das alucinações da sua loucura.

Leva as mãos aos cabelos molhados e em seguida as olha novamente e percebe haver uma tinta, uma cor em suas mãos ou fuligem mudando a cor da sua pele. É algo que está se aplicando a todo seu corpo. Ele se movimenta rápido e tira as roupas molhadas ali mesmo nas alturas e recebe aquela estranha dádiva. Está nu sob um céu carregado de promessas cumpridas. Percebe que será ainda mais diferente. Não se lembrará de mais nada para sempre. Nem há o que esquecer para sempre. Descerá para a terra e navegará até a lua; para sempre. Está deixando a casa dos quatro cadáveres. Dois serão enterrados e dois andarão a esmo como mortos vivos: Seraphião e Mércia Oserov.

Já no centro da cidade, que dorme sobre essa madrugada infame, ele procurará um espelho. Adentra o banheiro do posto de gasolina, aproveitando o abandono do dono. Espanta-se, está irreconhecível! Sua pele foi tingida e surpreende-se com a naturalidade, como nascido num litoral e seu corpo estivesse bronzeado. Sorri com lágrimas nos olhos.

Há uma novidade a considerar, em sua testa, do lado superior esquerdo, uma lua crescente em forma de "C", ainda na cor branca que já estava lá. Mas, crê que não a precise esconder, pois seu próprio cabelo o fará. É outra pessoa. Não precisará se esquivar ou agir como um criminoso. Como filho de indigentes, não tem documentos, dinheiro ou parentes. Agora talvez seja o fim do bullying e da desaprovação por conta de contratos de trabalho.

A lua, ou Jaci, talvez como sua loucura, seria mesmo sua mãe?

Mércia, a mocinha excepcionalmente quente, imersa em sua frieza, esperou por toda a noite, a cada segundo e minuto, até o sol raiar. Mas aquele amanhecer não traria seu eleito "cabeça de lua". Só a tristeza e uma sensação plena de um vazo vazio, onde a flor morreu; peixe sem rio, fruta caída podre ao chão e sob seus pés a vertigem de uma nau à deriva.

O capataz da fazenda, Sr. Ramiro Pedrozo, salta do cavalo para saber dos patrões e, ao encontrá-la sentada no batente da casa, de cabeça baixa, como que se lamentasse, entra sem pedir licença; dá um grito medonho, e chama pelo nome do casal — sem resposta. Depois sairá em debandada em direção à cidade; irá procurar o médico, que volta e procura o delegado, que avisa o padre Simão, que enviará seu auxiliar para avisar a funerária para os preparativos, o velório no salão da prefeitura, as lamentações e por fim um duplo enterro.

No dia seguinte:

Mércia, em estado de "choque" está na delegacia.

— Ela vinha sofrendo muita violência nas mãos do meu pai há muito tempo — diria dissimulada, tentando incriminar a mãe. Para todos na cidade, a história seria outra e os olhares acusatórios estariam em sua direção. Ninguém encontrará vestígios ou provas incriminatórias. Ela estará solenemente de luto, com seu vestido preto decorado com galões russos, típicos da linhagem dos seus pais e antecessores. Está claro, terá seu nome riscado e fora da lista de convidados de quaisquer eventos futuros dessa estarrecida sociedade Lindauense. Ainda assim, durante o velório — imersa em sua tristeza — artificial — chamará a atenção de alguns pretendentes; afinal, alguém terá que assumir os negócios da família e cuidar daquela mocinha resignada e provocativa. Mas qual o afoito que se arriscaria a tal ponto?

O médico, psicólogo e veterinário Dr. Rudolf se aproximará, com cautela, da suspeita e enlutada jovem. A conhece desde a infância, e a mais controversa das histórias que a cercam envolveria a morte de quatro cachorros. Ela os teria envenenado, quando tinha entre doze e treze anos, após seu pai a proibir de ir até a cidade para uma festa de aniversário de uma amiga da escola.

A complexidade de suas respostas emocionais era compatível com uma portadora de transtorno Borderline. Ou ela tinha esse transtorno de personalidade, ou era extremista compulsiva com bipolaridade, motivo pelo qual os da sua idade a classificariam como "a tal guria esquisita". O Dr. Rudolf sabia do seu envolvimento com o estranho rapaz, assim como outras pessoas da comunidade. A maioria das moças da sua idade repudiaria a ideia de um simples encontro casual, quem dera sexual, com o tal moço dito albino, por conta dos padrões de beleza impostos pela mídia da época. Isso tornava o caso da gravidez ainda mais insólito. Um detalhe devia ser considerado, nenhuma delas teve o grau de proximidade que Mércia permitiu. Esquisitos por esquisitos, valeria o ditado de que—Os semelhantes se atraem."

— Olá, Mércia, está tudo como você esperava? — pergunta sobre o velório. Ela olha para o chão como quem fugindo da pergunta e diz:

—Sim. Eu ansiava por isso, um velório assim, pomposo, minha mãe merecia, mas meu pai podia ser enterrado longe daqui'. Mente e confessa seu crime ao mesmo tempo. A resposta que ele esperava seria—Jamais imaginei que meu pai pudesse maltratá-la", ou algo do gênero. Ainda assim, a convida para uma conversa em particular, longe dos olhares mais acusadores. Em minutos, estarão num banco de jardim frente ao salão, um espaço mais reservado.

— Então... sem querer ofender, e o seu amigo hippie?

Ela demora a responder e finalmente o olha de volta e diz:

— Preciso de uma consulta, não me sinto bem.

— Entendo... o relacionamento de vocês estava...

— Sim. Acho que estou grávida.

— Onde ele se meteu, afinal?

— Ele desapareceu — diz como um fato consumado.

— Você comentou sobre isso com o delegado?

— Não. Ele vai e volta — quer evitar a polícia.

— Como assim? Vocês não tinham uma rotina?

— Não. Ele mora na lua e, quando é lua nova, ele some. Percebe que ela criou a famosa adoração, típica do distúrbio do qual já suspeitava, e com um agravante: a ilusão de que seres mágicos existem. É caso para psiquiatria. Esquizofrenia? Reflete e comenta:

—Espero que ele volte a fazer parte da sua rotina, pois agora será pai; e assim ele deixará de desaparecer e assumirá seu filho.'

— Será que ele volta, Dr. Rudolf? Vou ter um menino? Quero um menino, sempre quis um irmãozinho... Ela chora e ri ao mesmo tempo, e age como se não estivesse em um velório; transtornada talvez.

Na fila que se desloca ao lado do caixão, poucos estenderão a mão. Um ou outro local colocaria a culpa no pretenso namorado, ou no pai "desaparecido". Mas, a maioria absoluta suspeitaria eternamente dela: órfã, mãe solteira, rica, dissimulada e imprevisível.

Após o enterro pomposo e discreto do casal, e por conta de iminentes e controversas condutas de Mércia, a cidade jamais retornaria à sua rotina habitual. Sua vida, o campo e a casa precisarão de mais administração e cuidados, e ela nunca teve que se preocupar com isso.

Há alguém com quem ela pode negociar: o capataz, Sr. Ramiro Pedrozo. Proporá uma parceria e, caso ele não aceite, estará em maus lençóis. A pedido da filha Anne, ele a ajudará. Apenas por isso, pois, no íntimo, sente haver algo errado nessa situação.

A justiça negociará soluções. Haverá os trâmites, a investigação e Mércia sabe que o dinheiro sempre venceu por aqui. Viu seu pai ser favorecido em decisões arbitrárias tomadas a seu favor nas mãos de juízes cujas togas ocultavam cadáveres; e mortes como a do Sr. Klaus.

Logo, não permitiria abusos.

Seraphião tornou-se lenda. O Homem da lua, tal boto, a deixara, com uma gestação e muitos problemas — de ordem nada práticas. As buscas pelo rapaz, e sua cor única, se estenderiam por todo o estado de Goiás e arredores, sem sucesso. O delegado e algumas das pessoas próximas acreditavam na sua culpa — menos o médico — e que ele retornaria à cena do crime, cedo ou tarde. Mércia acreditava que um dia ele voltaria aos seus braços. Doce e amarga ilusão.

Agora, depois de oito meses e sem pré-natal, já se preparando para o parto, mesmo com Anne e algumas amigas lhe auxiliando de tempos em tempos, a vida não estaria sendo mais fácil como antes. É setembro e decide ir até a igreja, que ainda se improvisava ao lado da prefeitura.

O Padre Simão a recebe e falarão sobre o destino da criança: nome, batismo, crisma, saúde e outras prerrogativas referentes ao seu pequeno futuro cristão. Mércia poderia ter tudo, menos direito a indulgências. Era o que ele presumia.

— Padre, qual santo pode curar nossas dores? Ela pergunta com certo ar de ingenuidade e falsa postura devocional.

— Ora, veja bem, deixe-me pensar. O padre Simão se levanta e olha ao redor como a buscar uma epifania e encontra: São Raphael Arcanjo! — exclama. É celebrado nesse mês, no dia 29, e é exatamente o santo de que você está precisando. E esse nome, Rafael, significa "Deus cura" e é um anjo bem relacionado com as culturas judaica, islâmica e cristã. Mércia se encanta e, com os olhos vidrados e brilhantes, vibra e aprova. Agora seu filho tem nome, nome de santo.

— Quero lhe perguntar algo, padre Simão, e me diga a verdade — se eu for a padroeira de uma festa anual aqui na cidade — eu estaria sendo indulgente? — imagina todos seus pecados já perdoados.

— Minha filha — padroeiro é o que o santo vai se tornar, você será a patrocinadora. De toda forma, o que conta é a intenção, o que você traz no coração, a caridade e o arrependimento sincero é que nos salva. Mas acho você muito nova, e não acho necessário...

— O senhor não entendeu! — ela o interpela.

— Quero que meu filho se chame Rafael! E a cada festa ele será o responsável junto à igreja e... Parece desequilibrada. Anne Pedrozo, a filha do capataz ao seu lado, a segura pelo braço e diz:

— Mércia... e se for meni...? — ela se levanta e de súbito empurra a amiga e grita—Sei que vai ser menino! É da minha vontade e da vontade de Deus!' Segue em direção à saída, seguida pelos dois. Sua roupa preta de luto continua sendo usada e se faz seu novo estilo; o da louca que espera a volta do pai pagão para ver o filho de nome angelical. "Poderia sugerir dia de São Serapião" — padre Simão pensa, sacro-cínico. Mércia, há tempos vem percebendo que sua popularidade cresceu para o lado escuro da fama. Na ânsia de ser notada e aprovada, por quem quer que seja, tem um abrupto lampejo de genialidade.

Se vira para o padre e olha fixa e deslumbrada em seus olhos e diz:

— Padre Simão, eu vou vender as terras do meu pai e montar uma pousada na cidade. Vai se chamar "Pousada da Lua". Ele se espanta com tal resolução tão repentina. E pensa antes de responder e diz:

—Que lindo isso, Mércia!' — não se surpreende.

Mas não é cedo para tais planos? A criança ainda nem nasceu...

— Não, Padre, o senhor não entendeu. Eu não quero mais morar ali, quero meu filho nascendo em outro lugar. Ali só me restam memórias ruins e... providenciarei tudo a partir de amanhã. E digo mais... Aquela casa seria uma excelente igrejinha; o senhor não acha? O Padre e a amiga Anne se entreolham e exclamam em dueto:

—Seria incrível! Seria uma igrejona!'

Porém, Mércia seguirá sempre conveniente e nada convincente e ninguém lhe dará o crédito do qual ela se imagina merecedora. E seu restrito círculo de amizades continuará a encolher. A única que sente que pode confiar, por enquanto, é Anne, a filha do capataz, que além de servil, religiosa e humilde — e ainda a mais humilhada — ama crianças e quer garantir sua vaga como babá. Anne Pedrozo, às vezes, tem a impressão de ouvir a voz dos falecidos Oserov a lhe dizer—Proteja 'nosso' netinha desse monstra." E se arrepia.

As negociações de venda das terras foram feitas de imediato, pois já haviam interessados do ramo e que há muito as cobiçavam. O advogado da família, amigo do falecido Pavel Oserov, deixaria ao capataz uma área considerável, pelos anos de serviços prestados e dívidas pessoais do ano passado que a família de Mércia havia contraído e não considerara até então. A ideia do Sr. Ramiro e da filha era a de que, caso a futura mãe se perdesse com tanto dinheiro nas mãos, a criança tivesse um porto seguro em suas terras. Mércia desdenharia.

Com a gestação no limite e a perspicácia aguçada, nota as possibilidades e o poder que o dinheiro lhe proporcionaria, decidiu anestesiar no coração o que sentia por Seraphião e se aproximou da sua esquiva e até então desprezada razão. Ele, o pai, o "homo lunaris," não voltaria, e ela preferia que assim fosse. Precisaria de um pai terráqueo e presente, pois, como futura mulher de negócios ardentes e ardilosos, não teria tempo hábil para os cuidados e a atenção que a pequenina lhe exigiria.

Numa dessas noites, já na nova residência, o cobiçado casarão dos Hoffman (que será em breve a 'Pousada da Lua'), já com a parteira a postos, imaginou-se sendo atacada ou envenenada. Entre paranoias e medos até justificáveis, ao se dispor a providenciar a solução, teve um estalo. Não disse nada a ninguém, porém, em sua mente já havia dois coelhinhos mortos pelo seu veneno. O parto seria em uma semana, entre 15 e 22 de maio de 1995, e ela estava tomada por maus presságios. Queria privacidade, almejava blindar-se e se sentir segura. Será fase de lua cheia e ela está receosa que Seraphião possa, num lapso, surgir e reivindicar seus direitos paternos, ou mesmo sequestrar o bebê. "O levaria para a lua?" — cisma. "Se o vir novamente, terei uma recaída sentimental?" — interroga-se e descarta a possibilidade. "Não." Além disso, é melhor acreditar que ele tivesse morrido ou sequer suspeitasse da sua gravidez. Pela quase primeira vez, teve o pensamento mais egoísta de todos—O filho é meu, só meu e você não merece tê-lo, vê-lo ou tocá-lo." Criou em si esse sentimento protetivo, um escudo feito de rancor e ódio que, como um fel amargo, lhe subiu à garganta; quase a matando.

Comunicaria o delegado, Victor Benzi, às pressas, uma semana antes do dia do parto, que de imediato convocaria seus homens, como um chefe de índios pele vermelha. "Capturarem e me tragam o indesejado e desprezível homem branco!" — ele imaginou a cena e riu, sem suspeitar que uma flecha envenenada apontava rumo ao seu coração.

O parto ocorreu normalmente. E, nascera uma linda menina, como Anne já suspeitava.

Para Mércia, esse foi o momento em que tudo mudou ao seu

redor. Como se todos corressem para se abrigar de uma pesada, escura e inesperada tempestade de areia sobre as plantações de capim dourado. A decepção, após esperar nove meses. Como assim uma menina? — perguntou-se em meio às lágrimas. Que mal teria feito para merecer tal castigo? Observou-a por horas, sem esboçar o menor dos sorrisos. Os traços dela não eram espelhados aos dele, porém, era corada e saudável. Não havia nenhum sinal de distúrbio genético indicando qualquer traço de albinismo ou manchas estranhas em seu corpo. Era uma pele rósea e saudável, com um cheiro doce de alfazema. "Será ele mesmo o pai?" — sabia a resposta — não lhe restava dúvida. Ela a amaria assim mesmo, desde que... havia agora, num lampejo que lhe veio, um plano divino a ser cumprido, e ela faria de tudo para concretizá-lo. Não se sabe se por conta de uma depressão pós-parto, ou sua condição 'borderline', essa iluminação seria a catalisadora do destino de Rafaela de ali por diante. Nos dias e meses que se seguiram, Anne, a babá e outras poucas pessoas próximas tentariam convencê-la de que estava lidando com uma menina. Sem sucesso. Sua frustração iria nutrir a existência de um menino que veio ao mundo com uma falha genital congênita e ela, como mãe, teria que tratá-lo. Com essa obsessão absurda, seria execrada por outras mães, perplexas e impotentes. Compraria roupas para meninos — e a vestiria como tal de agora em diante. Ninguém teria como impedi-la, era seu filho, e sua missão era curá-lo.

O Dr. Rudolf, que acompanhava o caso, a alertou dos perigos. Aconselhou que desistisse, antes que a justiça lhe procurasse e a expusesse. Ela, insolente como sempre, disse sobriamente:

— Dr. Rudolf, tenho a impressão de que as meninas, atualmente, estão sendo mais vítimas de abusos que os meninos, e eu, tendo uma pousada, um entreposto de pessoas de todas as procedências e indecências, acredito estar certa nesse sentido. Concorda?

— Bem, vendo por esse lado, talvez um psicólogo a ajude — chama a enfermeira que prossegue os exames de rotina da criança.

Dezembro de 1995, nessa noite natalina, Rafaela estará com 7 meses. No casarão há um clima de tristeza e abandono. Nenhuma decoração especial, nenhum convidado, exceto a babá Anne no piso de cima, e nenhuma ceia a ser compartilhada. Mércia, a mãe revoltada, solitária e repudiada pela comunidade, está sentada num sofá na recepção, tramando. Pretende movimentar uma parte do seu dinheiro — para reformar, decorar e reinaugurar esse casarão. Decide tomar as rédeas do seu negócio e, para que isso aconteça, deixará de lado as divagações e se alinhará a pessoas imoralmente capacitadas e... altamente manipuláveis. Sem recear uma recusa, chamará o armado e prestativo delegado Victor Benzi para mais uma conversa — agora em particular; em seus aposentos e domínios, na ala íntima. Resolução de fim de ano: "Não ficarei mais sozinha." Decide que será o presente de Natal de alguém e que aquecerá essa noite fria. Mércia sabe que o delegado Victor Benzi é solteiro; cobiça-o e trama — sem pudor.

A criança, batizada como Rafaela, que em breve seria chamada de Rafael ou Rafa, dorme no piso superior, num pequeno quarto quase secreto que ela construíra para lhe proteger, caso o suposto pai, ou alguém mal-intencionado, aparecesse. Casos de sequestro relâmpago tinham se tornado corriqueiros e, afinal, ela era uma mocinha rica, nova, quente, de boa aparência e... reputação, nem tanto.

O delegado Victor Benzi chega perto das 21h. É recebido e conduzido até uma grande e improvisada sala de jantar que futuramente será a cozinha da pousada.

— Dizer "boa noite", agradecer e recebê-lo educadamente é protocolo, Sr. delegado... Victor Benzi. Vamos abrir um vinho para brindar o calor do Natal! — diz com seus olhos brilhantes, deixando claro as intenções, indiferente aos seus quase 40 anos a mais. Ele a entenderá, afinal, os iguais se reconhecem. Não é casado, então... "não é pecado" — considera. Seu sobrenome, Benzi, era tanto alvo de deboche quanto de admiração— Tá me ameaçando? Chamo o delegado que bate e benze!" " Delegado, tô possuída, me benze?" Provocações toleráveis.

Há uma diferença de idade considerável entre os dois: 52 × 17 anos. Como ela é a mais nova e a mais rica, ficará explícito que, além de "louca", tem fetiches estranhos e quer ir além de detentora do simples título de dona de pousada. O que seria mais conveniente que um delegado como amante ou marido nessa atual conjuntura?

Diziam que Victor Benzi era dissidente de uma facção criminosa italiana e que viera fugido para o Brasil. Calado, calvo, com mais de meio século de idade, em forma, sem religião definida, com gestão por outras delegacias do país e estranhas referências no currículo. Famoso pelo porte físico, agressividade, mira e montarias.

" — Meu cavalo, vou montar você" — a ouviria, na horizontal. Assim sendo, por força dos caprichos e ambição de Mércia, seria sua primeira cobaia de transição, de equino a canino, com uma elegante coleira BDSM. A noite seria regada a doses cavalares de atrevimento, luxúria, várias modalidades de perversões e insana criatividade. Não seria necessário que um médico lhe diagnosticasse o envenenamento, essa química, pior que qualquer vício, o matará, a médio prazo, ou sua essência, para sempre. Logo, após um conjunto de tapas, algemas, gritos, gemidos, palavrões e sussurros; ela plantaria nele o partner ideal, perfeito, para maldades e crimes inconfessáveis. Homens nessa faixa etária — apesar de usufruir das benesses da maturidade — tornam-se alvos vulneráveis nessas situações óbvias. Mas ele acreditava ter merecido esse prêmio. Por anos de crueldade?

Rafaela, aos sete meses — assim como o pai — teria dons inerentes e herdado dos seus genes os melhores escrúpulos. Nessa noite fria de Natal, no quarto do piso de cima, chorava; inconsolável. A babá Anne considerou pedir demissão, mas teve medo. A partir dali, a criança já estaria dependente dela, mais que da própria mãe.

O novo casal Lindauense tornar-se-ia alvo preferencial dos bêbados de botecos. Algum diria — In vino veritas—O delegado que bate e benze e a russinha louca dos cabelos de fogo." Esse, logo, se tornaria um banguela solene de semblante sereno. Todos, ou quase, respeitá-los-iam a partir de então, não por mérito e sim por imposição. Dinheiro, mentiras e segredos; uma trindade explosiva nas mãos de duas criaturas ainda mais. O efeito causado pelo veneno que destilavam se traduzia em: mais dinheiro e menos inimigos ou desafetos.

As aparições do casal pela comunidade afrontavam aos pioneiros da região — partidários da família tradicional, falsos moralistas e defensores de seus velhos costumes empoeirados. "Um acinte! Uma aberração! Uma provocação! Ao menos completasse 18 anos! Eles sequer disfarçam essa promiscuidade moral!" — esbravejavam. Além de tudo,

Mércia continuaria a tratar Rafaela como menino, e ninguém se atrevia a contrariá-la. Recém-casada e a cada dia mais abusada, passaria a se embriagar com frequência e a gritar pelos quatro cantos da cidade que ainda aguardava Seraphião, sim, armada. Disparava, aos berros, contra a lua cheia. Era estranho alguém ver alguém se sentir ameaçada ou traída pela lua. Nada poderia mudar o que já havia sido mudado. Talvez tivesse criado dois monstros: um dentro e outro fora de si.

O tempo mostraria qual o mais assustador.

Capítulo 6

A Fruta

"Então, a serpente disse à mulher: É certo que não morrereis. Porque Deus sabe que no dia em que dele comerdes se vos abrirão os olhos e, como Deus, sereis conhecedores do bem em do mal. (Gênesis 3:4-5)

Passam-se quatro anos, em um emaranhado de 1460 dias que a levaria até 1999, quando o mundo era outro, apenas para os outros. Rafa, nessa matemática cruel da vida, sabia que até os microssegundos, para ela, fariam diferença. Enquanto sua mãe, cada vez mais satisfeita e impressionada com a estupidez alheia, tramava. Sabia que era parte dessa trama envolvente e disfarçada de afeto, que crescia traiçoeira à sua volta e a levaria junto.

A tecnologia jogava com seus dados, enquanto tendências e costumes geravam receita e Mércia Oserov precisava fazer parte disso. A Pousada da Lua já era um sucesso. Pessoas de outros estados vinham até ali para conhecer a cidade, fazer negócios, trazer investimentos, cultura e se divertir; entre eles, sedutores aventureiros com suas fórmulas mágicas. Novas doenças, pediam novas drogas, além da certeza de tratamentos alternativos e cirurgias clandestinas. Um desses visitantes, que segundo más línguas a seduziu, era lobista de grupos de medicina, estética, transições e body modification. Dizia-se visionário e vendeu à empreendedora, essa ideia, sugerindo-a montar uma clínica de endocrinologia clandestina, e próspera. Em seguida, a tocaria, deixando-a satisfeita — a perder os sentidos — e, ao cometer o erro de desprezar o bom senso, desapareceria, deixando em sua cama uma agenda com todos os seus contatos. Mércia, aos 22 anos, era agora um prodígio em matéria de sedução, negócios e ilusionismo.

O delegado, utilizando-se literalmente da sua força e influência, coagiria todos os médicos da região — inclusive o mais antigo e querido, Dr. Rudolf, que deixaria a cidade, — e ela, parceira e cúmplice, apoiaria eleições e reeleições de políticos do seu interesse nos anos vindouros. Todos estariam se alimentando em suas mãos enquanto a dupla gargalhava, brindava e comemorava as fatalidades provocadas no cotidiano de alguns desafetos. Para os moradores, o mal havia tomado conta da cidade. Mas a obra do diabo, planejada por ela, impactaria o futuro de Rafaela.

Em conluio com o marido e seu novo prefeito, assumiria o assustador desafio de torná-la exequível. A princípio, o arquiteto contratado faria uma planta de malha viária com conceito de urbanismo radial. A ideia dela era fazer com que a avenida principal tivesse início em frente à pousada e fizesse um círculo de 360°completo, com um raio aproximado de 300 metros, envolvendo a prefeitura, clínica, delegacia, posto de gasolina, lanchonete e voltasse ao mesmo ponto. Ao centro, ficaria a praça "Praça Oserov" e outros pontos seriam objeto de suas pretensões futuras. O investimento mudaria a apresentação da cidade perante as outras vizinhas, e essa ideia, partindo dela, a colocaria no topo – acreditava. O projeto fora aprovado, e daí por diante muito sangue novo correria para as veias dessa cidade. Alguns oportunistas almejavam usufruir dessa pirâmide financeira, que ela tocava supostamente com seu dedo de Midas, e o efeito começara a ser notado e comentado; porém, nem tudo que reluz é o que parece.

Victor Benzi, já seu marido oficial, indicaria outro nome de sua confiança para o cargo de delegado postiço. As viagens de negócios agora serão frequentes e não só com destino às grandes capitais brasileiras, como Rio de Janeiro e São Paulo, mas também à Roma, Paris e Tóquio, que serão sua prioridade. Uma carteira – roubada — com contatos de profissionais e equipamentos, farão toda a diferença. Beleza, dinheiro, segredos, mentiras; e o sucesso, estaria vindo depressa demais para uma garota com seus 20 e poucos anos de perversidades. Durante a execução do asfalto e da nova malha viária, maquinários escavavam — quase discretamente — um grande vão subterrâneo em formato retangular, num terreno ao lado da delegacia. Sugeririam à população que as cadeias modernas teriam essa particularidade. Naturalmente haveria celas no piso superior, dentre outros suspeitos departamentos. O prefeito seria orientado a evitar o assunto, e o novo delegado mais ainda. Porém, ali, em breve, funcionaria a mais moderna clínica de cirurgia, endocrinologia e estética do país — também a mais clandestina e rentável de todas.

Mas, onde estaria Rafaela nesse momento? Na pré-escola, sendo massacrada pelos amiguinhos. Aos quatro anos, vestida de menino, ouviria seu primeiro hino de bullying—*Rafa, Rafa, Rafaela, é menino ou é menina? Ela sabe é o Rafa ela".* A babá Anne, que já era considerada praticamente sua segunda mãe, diria com frequência: *"Ela está sendo conduzida pelo ódio, não tem discernimento, mas sabe que a estão humilhando. Não chora, mas demonstra uma tristeza profunda, que irá afetá-la no futuro; sem dúvida."* Isso foi registrado pelo indignado Dr. Rudolf, uma semana antes de, revoltado e indignado, ter que deixar a cidade. Rafaela e a babá Anne estariam a partir de então à mercê dos novos médicos de Mércia.

Quatro anos depois, em 2003, Rafa, aos 8 anos, irá se aproximar um pouco mais de um velhinho que se tornará seu melhor amigo e inevitável confidente. E, ao contrário da sua mãe, faria mais algumas amiguinhas na igreja, entre elas a fiel Margot Rivas, dois anos mais velha, que adora beijar suas bochechas de "menino". Padre Simão, a cada dia mais encantado com "Rafa" e sua inteligência precoce, soube, desde a sua primeira confissão, que cada palavra sua lhe custaria uma lágrima.

— Ela não me ama, ela ama São Rafael, ela pensa que sou um menino e eu não gosto disso, mas minhas amigas gostam e uma delas me beija escondido e eu acho isso gostoso, porque ela me abraça mais que minha mãe e me chama de meu namorado – sua vozinha infantil lhe doía. O padre Simão está estarrecido e sua revolta quase o faz perder os sentidos. Decide que irá ter uma conversa séria com Mércia para acabar com tudo aquilo. A menina merece uma vida normal. Mal suspeita que Mércia tenha planos bem mais aterradores para a filha. A via radial não era nada parecida com o plano diabólico que se escondia por trás da sua real intenção: redesignar a própria filha, a cobaia perfeita. Sua rede de influência aumenta a cada dia nessa eterna quase cidade, e a condição que impõe à sua filha é digna de punição, mas nada acontece. A sua resposta aos questionamentos de autoridades será sempre a de que ela estaria cumprindo uma missão, que anjos não têm sexo e outras bobagens que se traduziriam em doações e acordos escabrosos. Pessoas físicas ligadas às associações e entidades cederiam à pressão ou sofreriam algum acidente 'fatal'.

Será celebrada a 8ª Festa de São Rafael Arcanjo em 29 de setembro desse ano e faltam dois meses. "Tudo o que ela precisa é ser curada da sua dor. Esquecer o passado e libertar a menina desse sofrimento" — pensa o crédulo padre Simão. Segue em direção à pousada. Ao chegar à recepção, há outro Rafa e ele não estranha mais os jovens sósias, parte desse jogo doentio.

— Você pode me anunciar à sua patroa, por favor?

O rapaz sai por um minuto, volta e diz que ela está na obra com o "arquiteto paulista." Ele decide caminhar até lá.

"Essa cidade não é mais a mesma. Como pode ter mudado tanto e para tão pior em tão pouco tempo? Que tipo de sentimento alimenta tanto ódio cm alguém? Em tanto tempo de sacerdócio, nunca vi sanha igual. Por que aceitamos a casa dela como presente? Se ao menos a arquidiocese tivesse interferido de alguma forma. Todos temos o dever sacramentado de ajudar o próximo, mas, às vezes, acho que ela nunca me

disse a verdade. Se confessou com palavras tão sussurradas que não entendi direito:'Minha mãe não sabia que era veneno, mas usou mesmo assim; e ela usou na comida sem saber o efeito, deve ter trocado os frascos.' Mércia, essa história não está bem contada, mas, não vou te levar à cena da tragédia de novo. Isso não ajudará na sua cura. Talvez a volta do seu amigo da lua, que acho que é uma invenção. Oremos e pratiquemos jejum; sei que isso não te ajudará em nada. Você queima e não sei como apagar essa chama. Creio que você não sentiria o fogo de uma fogueira. Oh, senhor, perdoe-nos dessas malditas lembranças, é que as bruxarias nem sempre são praticadas pelas bruxas. Pessoas são tão más às vezes que gostaria, sim, que chegasse aqui logo um psicólogo para ouvir essas malditas criaturas atormentadas e ter um pouco de paz. Afinal, também sou de carne e osso e não abuso de uma autoridade que não tenho".

Enxerga Mércia, faz o sinal da cruz pela milésima vez e pede—São Rafael Arcanjo, protegei-me."

— Seja bem-vindo, padre Simão!

— Olá, Mércia Oserov — responde frio.

— Como posso lhe ajudar hoje?

— Venho sentindo sua falta nos sermões e confessionário.

— Ora, padre, mas que bobagem. Tenho ouvido tantos sermões. Assim que tiver um tempinho, vou lhe visitar, prometo. A vida tem me cobrado muito e meu tempo agora é multifacetado. Mas, conte as novas! Vamos até a lanchonete tomar um café? — Ela diz tudo isso como se a vida fosse um eterno réveillon. Estão sentados frente a frente, e ela se impõe com sua jovem e vilanesca autoridade, perguntando como estão os preparativos para a festa. Padre Simão levanta a mão – como sempre — e interrompe seu discurso ardiloso e seu frio raciocínio.

— Mércia, o assunto que me traz aqui é outro: sua filha.

— Que filha, padre... eu não tenho filha, o senhor sabe.

— Diante de Deus e dos homens, aquela criança é do sexo feminino e está passando pelas piores provações que uma pequenina possa passar. Você não entende isso, Mércia? Acorde! — ele esbraveja e todos ao redor entendem o que se passa.

— Padre Simão... — ela abaixa o tom de voz e diz: existem tratamentos, remédios e cirurgias. São Rafael Arcanjo tem me ajudado muito e conseguirei tudo para dar a meu Rafa uma vida plena e feliz.

— Como assim, Mércia? Você está sugerindo alguma forma de tratamento para piorar a vida dessa criança?

— Não, Padre Simão, é desígnio de Deus; o senhor sabe disso. Estou construindo uma clínica e o Rafa... "aquele menino" terá tratamento qualificado pelos meus profissionais. Será muito melhor para ele e para todos nós. São Rafael curará as minhas dores e as dele.

— Mércia, você enlouqueceu! "aquele menino?" Deus ou anjos jamais iriam participar desse tipo de trama diabólica, envolvendo um dos 7 pecados capitais: a soberba. E você devia parar de querer brincar de Lúcifer, com inveja, tentando ser perfeita como o criador! – esbraveja de novo. Veja você que essa menina pensa que tem características físicas diferentes das outras, ela sofre com bullying todos os dias. Abusam física e psicologicamente dela.

— Não, Padre Simão, ao menos, os meninos a temem. É isso que importa agora e ele será feliz, sim, queira o senhor ou não. Se levanta enfurecida, vai ao caixa e sai sem olhar para trás. O padre fica na mesa e alguém pergunta se está tudo bem.

— Como... como poderia estar? Ele responde trêmulo e sai devagar. "*Rafaela está numa situação precária, apesar da riqueza da mãe. Uma mãe displicente, entre a plena loucura e a crueldade. Mércia será vítima, cedo ou tarde, dos seus deslizes e caprichos*" – pensa, enquanto sobe a avenida e sua curva infinita.

Aos 8 anos e meio, Rafaela havia criado raízes emocionais e uma quase dependência absoluta pela sua babá, e essa amizade a permitiria acessar outros mundos, menos perturbados e caóticos, apesar do pouco tempo para se divertir com as poucas amiguinhas da escola. Essas, ainda que inocentemente, a tornariam alvo de brincadeiras, nem sempre inocentes. Por meio de Anne, criou um apreço singular pela literatura. E encontrou mais conforto nos livros do que nas pessoas que a fariam sofrer as ridicularizações impostas por sua mãe. Ou, quando possível, iam se divertir no sítio do Sr. Ramiro. Eram esses os seus momentos mágicos.

Aos 14 anos, já em 2009 e com a cidade em alta, corriam boatos de que denúncias seriam feitas contra a clínica da sua mãe — referência no submundo — suspeita de utilizar cobaias humanas em tratamentos de risco, podendo ser fechada a qualquer momento. Equipamentos clínicos de alta performance iam e vinham sem qualquer explicação. Uma pista de pouso improvisada em uma das fazendas explicaria o movimento de personalidades famosas, do meio artístico, utilizando seus serviços e fugindo do assédio da imprensa. *"Sua beleza e privacidade, nos importam."*— era o slogan adotado por uma agente e seus agendamentos clandestinos.

Com essa idade e sem nenhuma intervenção estética ou uso de hormônios, a aparência de Rafaela já era de uma androginia impressionante. Apresentando linhas quase masculinas, muito delicadas, pois com o passar dos anos aprendera a se comportar como tal, convenceria facilmente qualquer moça de que era um rapazote, pela altura e postura imponente. Havia um ódio quase imperceptível por trás do silêncio e daquele olhar melancólico e contemplativo. Tudo ao redor trazia uma eterna dúvida sobre si e sua beleza, e a frustração dessa existência tosca e infeliz.

Hora ou outra, sua amiga mais presente, Margot, se aproximará, pegará sua mão e sairão a caminhar. Quase sempre adentram uma praça frente ao salão da prefeitura, onde um dia houve o velório dos avós dela. Trocarão poucas palavras.

— Você já parou e pensou na aparência do seu pai?

— Já tentei, mas não consigo — ela responde.

— É fácil. Das pessoas que passam pela rua, algumas se parecem com você. O prefeito Duval poderia ser seu pai.

— Por que você acha que isso seria possível?

— Por que não? Ele é rico e era amigo da sua família.

— Minha mãe nunca me falou sobre meu pai. É um segredo

estranho, e acho que mereço saber sobre ele – diz angustiada.

— Sabe... o padre Simão me mostrou uma foto e disse que aquele moço branco, muito, muito branco, seria meu pai. Mas não acreditei. Quando perguntei onde ele poderia estar, ele disse:

"— Sua mãe acha que ele mora na lua." Então, em noites de lua cheia, eu tenho esperado e às vezes subo no telhado da pousada e fico olhando as estrelas. E eu espero que ele me veja e me dê um sinal. Eu fugiria com ele para qualquer lugar.

Até para a lua. Mas, você não viria comigo, né?

— Entendo. Margot não responde e sugere:

— Vamos à minha casa brincar um pouquinho? Meus pais saíram. Rafaela já tem vontades íntimas, precoces e ambíguas; e medo de satisfazê-las. Pulsa a inevitável herança genética.

Rafa tem meios de se aproximar de amigos do novo delegado e o fará. Tem meios de aprender a manusear ferramentas da internet. O Google havia sido criado quando ela tinha quatro anos e agora há redes sociais e meios de localizar seu pai. Um cara extra branco como ele? – Seria fácil. É hora de conseguir acesso a um PC. Está em desvantagem em relação às colegas de classe e vem usando essa rica fantasia de menino triste, condicionado a obedecer, desde sempre. No início, os mimos, que depois se tornariam ameaças e depois castigos. A sala superior, onde fora o escritório da pousada, tornou-se um quarto com acesso secreto. Jamais esqueceu que no aniversário de 8 anos desapareceria de todos. A mãe a trancafiou após a recusa a continuar vestindo aquelas roupas. A alimentação, similar à de presídios, a fez questionar-se sobre até quando suportaria tanta humilhação. As amiguinhas, todas, estavam em outra sintonia existencial. Para ela, a sensação era de que o mundo havia estacionado nesse infame purgatório disfarçado de lar. Tem sido assediada pelos dois gêneros, e cantaria—E eu gosto de meninos e meninas". Se a mãe ouvia, era o quarto secreto de novo.

— O que você pensa que está fazendo?

— Nada, mãe, eu nem beijei ninguém ainda — mentia.

— Você sabe que temos uma missão divina, com você e seu destino. Não me provoque ou ficará naquele quarto de novo.

— Mãe, eu não estou feliz com essas roupas, eu gosto das roupas legais que minhas amigas usam, que os pais delas compram em shoppings que a senhora frequenta; mas você não me traz — e chora.

— Você sabe muito bem que isso não é verdade. As roupas do seu armário são todas de grifes, de boas marcas. Nunca te deixei faltar nada. Me respeite! E se prepare, você ainda será muito feliz assim. Acredite em mim! Saía batendo a porta. Ela precisa localizar o pai. Essa situação, insustentável e torturante, está lhe transtornando há muito. Sua agressividade se acentua cada vez mais, principalmente em sala de aula; nunca com professores, ao menos. Tem a vantagem de uma estatura acima da média. Após cada pancadaria, suplicará solitária em algum canto—Pai, cadê você? Me ajude, por favor."

A cada dia passado, se distancia mais e mais do seu amigo e padre, Simão; e das humilhantes confissões. Atualmente, em algumas festinhas, ainda será motivo de escárnio. Sente-se uma possível extensão masoquista da sua mãe, tal como Carrie, Edward Mãos... não, não é um roteiro de filme, é real, nojento e insuportável, demais. Tem certeza de que São Rafael Arcanjo, sabe que algo está errado e não irá conseguir corrigir aquilo. A mãe, vil, manipuladora, violenta, tóxica, soberba e narcisista. Não tem nenhuma ligação com a espiritualidade a qual patrocina. E, plena em sua própria vileza, não se sente na obrigação de vigiar ou zelar pela sanidade dessa sua criança, sua filha, claramente abalada. A culpa, caso a atormente em algum momento, será, de qualquer forma, atribuída ao pai – o desertor. Nesse dia, infestado de traumas, Rafaela pressente que irá se libertar.

Dias depois, estará na delegacia para responder a uma denúncia por agressão e, logo em seguida, entrará no laboratório da clínica para ser examinada por seu novo médico. Esse senhor de jaleco branco e voz amena era o oposto dos outros.

Ele percebera sua inteligência e sexualidade precoce, o que a tornaria suscetível e vulnerável, como um encontro casual entre uma fome obscena e uma fruta suculenta.

— Olá, Rafa – a cumprimenta em voz baixa.

— Olá, Doutor — ela preferiria Rafaela.

— Como está se sentindo hoje?

— Como sempre me sinto: irada, perseguida e humilhada.

— Vamos averiguar esses hematomas? – Pede que se deite.

— Hoje, sua mãe vai te apresentar alguém que tem meios para interromper o crescimento dos seus seios.O que você me diz?

— Digo que ela não deve se preocupar com isso, não acha?

— Infelizmente ela se convenceu de que você é um menino que nasceu com características de menina e quer mudar isso.

— Quem precisa de transplante de cérebro é ela. Minha mãe é louca e eu tenho amigas que são iguaizinhas a mim. Entende?

— Mas essas amigas tratam você como namorado, como rapaz, não é verdade? – diz isso e a deixa furiosa.

— Doutor, ela pode me apresentar essa pessoa, mas nada de ruim vai acontecer comigo, tenho protetores. Antes que ela pule da maca, o médico sussurra em seu ouvido:

"— Estamos sendo gravados, me desculpe, eu tinha que dizer essas sandices." – Ela acena com a cabeça que entendeu, olha para a câmera, faz um sinal obsceno com o dedo e sai. Sua mãe está em outra sala, ocupada em averiguar outro equipamento que acabara de chegar. Esse é o momento de chamar a atenção de alguém e fugir dali. Andando até a sala, e com a certeza de que poderá escapar da loucura, ela segue firme em direção à liberdade.

E ao passar pelo bebedor, esbarra nele, derrubando-o ao chão, provocando um barulho de que ela gosta. E, como um personagem de filme, escapará por outra saída.

Capítulo 7

A Serpente

"Às vezes é mais difícil encontrar quem não está fugindo" — pensa, enquanto corre. Os que conhecem essa garota/garoto se perderiam pelos atalhos e becos em que ela se encontra. Rafaela não faz questão de dar-se muito ao trabalho e se esconderá no seu quarto secreto da Pousada da Lua, entrando por uma passagem que, com sua amiga Margot, encontrara há tempos. Por muitas vezes, agradeceu ao construtor desse casarão e desse espaço, sem saber que ele foi assassinado há alguns anos por seu avô, Pavel.

Ficará embrenhada, escondida, pronta, nesse espaço suspenso, como uma claraboia que dá para o telhado e que esteve ali desde sempre.

Sem muitas opções, essa parte do telhado, por enquanto, se tornará sua segunda casa. Como um pássaro em migração forçada pelo mau tempo, ela fará ali seu novo ninho provisório. Imagina que terá que subornar alguém para obter comida ou se tornar uma ladrazinha no meio da noite. Ela precisará providenciar algumas peças de roupa e está ciente das dificuldades que enfrentará.

Enquanto isso, na Clínica 'Desejos', sua mãe, furiosa, acaba de demitir o médico que a entrevistou, com a clássica frase:

—Se minha filha não aparecer em vinte e quatro horas, quem irá desaparecer será o senhor. E está demitido por justa causa! O pobre homem será escoltado por seus agentes e irá... como os outros.

Lindau, a quase cidade, já fora revirada de ponta a ponta e não se vira sinal de Rafaela. A fúria toma conta de Mércia Oserov, que após pernoitar acordada, usa, no dia seguinte, todos os recursos para interrogar a população. Além de oferecer uma recompensa tentadora para quem a encontrar, também promete — mentalmente — punir com a morte quaisquer cúmplices ou envolvidos. As horas irão arrastar lentamente as pesadas correntes dos fantasmas dos seus pais. A cidade foi varrida de canto a canto. Os campos e rios foram vasculhados com auxílio de cães treinados; enquanto, em algum momento, no telhado da pousada, uma garota observa tudo e desdenha. Às vezes, acha que um senhor alemão está ali do seu lado dividindo um sorriso com ela. "Os inimigos da minha mãe são meus amigos." – compartilha.

A vantagem do esconderijo se deve à sua proporção na pousada em relação ao tamanho da mesma. Após três dias de tamanha gritaria e desespero, Rafaela percebe finalmente o tamanho do ódio que sua mãe carrega no peito — um peso, há muito tempo, morto.

— É sua culpa, Seraphião! Vou encontrá-la! Nem pense que irá tirá-la de mim! — gritava, enquanto objetos, pratos e copos voavam na direção dos Rafaéis de aluguel com suas escorregadias coreografias tentando conter sem sucesso a fúria ruiva da megera. Ela conteve os risos para que não a ouvissem. Passam-se algumas horas e tudo vai muito bem, até que escutará um barulho, muito próximo. Se encolhe um pouco mais, como se isso pudesse aumentar sua invisibilidade. E se pergunta: será um rato? Não, não é. "É uma gata" – ela ama sua amiga Margot, que está chegando para tentar resgatá-la, como das outras vezes; mas, dessa vez, não será possível; e a escuta:

— Rafa, sou eu – Margot, sua gatinha arranhona — dirá ofegante e sussurrante. Repentinamente, tudo se tornará ameno e suave. Esse é o momento crucial, o que definirá, em poucas horas ou dias, o seu futuro — as duas se abraçam. Trocarão amenidades e em seguida se movimentarão para a outra parte do telhado. Deitam-se e, como sempre, se posicionarão para olhar as estrelas, quietas e de mãos dadas. Depois de alguns minutos, Margot quebrará o silêncio.

— Vi uma mulher; estava com sua mãe na lanchonete.

— Uma mulher? Que tipo de mulher?

— Elas estavam sentadas, tomando umas bebidas hoje à tarde, falando sobre você e sua rebeldia. Sabe o primeiro lugar para onde sua mãe foi quando você desapareceu? Na igreja, falar com o padre Simão. Ele está do seu lado e acredita que sua mãe quer te fazer muito mal. Se eu fosse você, acreditaria nele e em mim – promete? Rafaela promete, mas está curiosa e ansiosa.

— Margot, por favor, me fale mais sobre essa mulher!

— Bem, me pareceu que ela tentava convencer sua mãe a desistir do tal procedimento. Mas o mais legal foi como a conheci.

— Me conte, Margot! — Rafaela insiste, já irritada.

— Só conto se você descer comigo e comermos um lanche — sei que você deve estar com fome. Poderemos ir até à igreja, assim você fala com o padre Simão — a pessoa que mais te ama nesse mundo. Sabia que ele andou chorando por sua causa esses dias? — conclui. Rafaela olha para as estrelas e para a amiga e diz: Essa mulher não vai ter mesmo como subir até aqui e estou com fome — e riem. Como duas gatas, vão se esquivando pelas sombras e becos mais estranhos dos arredores. Logo em seguida, Margot trará um lanche e um suco, entre outras bobagens. Seguem até a igreja. Como não é dia de missa, o padre estará de folga. Um cachorro ou outro late, mas nada tanto assim. Alguém ouve *grunge* alto na vizinhança e ela sente uma leveza de alma como nunca. Entram cautelosamente nesse lugar onde – ela não suspeita — um dia seus avós foram assassinados. Há um clima de tensão, mas, ao mesmo tempo, essa sensação de paz espiritual parece lhe acolher. Margot procurará o padre e pede à amiga que a espere ali num dos bancos. A ansiedade dispara os batimentos cardíacos junto aos segundos e Margot parece ter desaparecido há horas, causando uma impaciência incontrolável. Ela a irá procurar, pisando leve, na ponta dos pés, até a sacristia, conferir o que está acontecendo. Ao abrir a porta, verá essa cena que a deixará confusa. Uma mulher elegante com olhos arregalados enquanto o padre Simão tapa a boca de Margot com uma das mãos e e dirão as frases clássicas:

— Eu posso explicar!

— Não se assuste, sou amiga! — Rafaela, com aquele cabelo curtinho de menino, vestindo roupas já amarrotadas e com olheiras, é uma figura digna de pena.

— Entre e feche a porta, rápido — diz o padre, soltando Margot, que corre e a abraça.

Minutos depois, os quatro estarão se entendendo.

Seu nome é Nívia Nizzi, uma bela mulher de aproximados 28 anos, perfumada, de voz macia e que não parece oferecer-lhe risco. Ao contrário, diz estar ciente da situação e sente-se indignada. Coloca as mãos de Rafaela entre as suas, em sinal de apoio, dizendo:

— Minha querida, sou endocrinologista e trabalho com as questões de transexualidade há anos. Presto assessoria a algumas celebridades, atendo empresas de cosméticos, laboratórios e sou responsável por endossar diversos produtos no mercado. Rafaela está relaxando, enquanto a ouve, sente aquele seu perfume envolvente. Porém, está atenta e lembra da imagem dela e diz:

— Ah, já sei de onde eu te conheço, te vi na televisão!

Nívia, sorri vaidosa.

— Te falei que ela era famosa! — Margot se envolve.

— Vou te dar minha opinião e acho que você gostará de ouvir — diz enquanto passa a mão nos cabelos de Rafa, os alisando; esse gesto a conquistará, pois a diferenciaria de "Mércia" — sua "ex-mãe" de agora em diante para sempre.

— Acho uma injustiça o que sua mãe quer fazer com você. Tive uma conversa com o padre Simão e ele acredita que você poderá me aceitar como tutora provisória – até atingir a maioridade — e então, se você concordar, a levarei embora desse pandemônio.

Em São Paulo, tenho apartamento, casa de praia, chácara, clínica, além de amigos, muitos. Então, não será difícil te esconder –

desde que você aceite. O padre Simão, aflito, a olha com pena:

— O que você acha, Rafaela?

Rafaela olha ao redor e fica sem resposta por segundos.

— Olha, senhorita Nívia — acho que é um tanto arriscado.

— Por que meu bem? Você tem medo da sua mãe?

— Sim e não. Mas sei que preciso fazer isso.

— Acho precipitado. Se a Mércia suspeitar, colocará a vida de todos nós em perigo — diz um padre Simão cauteloso.

— Não tenha medo, Rafaela, você já sofreu demais e a Dra. não sabe a serpente que é a mãe dessa mocinha – Margot apoia.

— Então vamos fazer o seguinte — diz Nívia. Nos próximos dois dias, ficarei por aqui. Porém, você poderá, eventualmente, sair dessa cidade primeiro que eu, de carona com um amigo. Você precisa se decidir. Rafaela confirma com a cabeça e pergunta:

— Padre Simão, senhor tem uma foto do meu pai, eu sei. Poderia me dar de presente, por favor? – Rafaela pede, timidamente.

— Claro, meu bem. É uma foto ímpar, e não se assuste, ele era mais branco que um fantasma – ri e disfarça uma tristeza profunda. Nívia parece satisfeita e continua:

— A viagem será muito longa e nos encontraremos em breve. Enquanto isso, tento ganhar um pouco mais a confiança da sua mãe e poderei me despedir sem levantar suspeitas. Pode ser assim? O que você acha? Não só Rafaela, como os outros, concordam, como se movimentam para colocar o plano em ação. As duas amigas trocarão lágrimas e abraços nesse clima de despedida.

Rafaela voltará ao esconderijo, incógnita, agora com a esperança se misturando ao medo. Finalmente tem a foto do pai, o qual acha lindo e... diferentão.

Por dois intermináveis e torturantes dias, ela escutará os planos da mãe para vigiar todos que possam sair da cidade, inclusive a "doutora" e isso tem que ser comunicado ao grupo.

Nessa noite, um dos fornecedores de equipamentos deixará a cidade e sua parceira comercial, Dra. Nívia Nizzi, o incumbirá de camuflar Rafaela junto à carga na Van. Partirão noite adentro.

A Dra. partirá ao amanhecer, dirigindo seu carro do ano; tem o perfil de uma mulher bem resolvida, de prestígio e enorme renome em sua área. Realiza mais que procedimentos ilegais, cirurgias e tratamentos bem pagos. Não à toa foi escolhida por Mércia Oserov para tarefa tão infame. Sua atuação em redes sociais, rádios e programas de TV a faz reconhecida pela sociedade, conselhos de Medicina e de Psicologia e, além de ser afiliada às associações LGBT, acredita nas orientações sexuais ilimitadas, reencarnações e amor à primeira vista. Não colocaria em risco sua reputação se expondo a um escândalo barato qualquer. Agora há outro lado da moeda de duas caras que precisa ser considerado. "Rafaela é um caso torpe de orientação e manipulação a uma indevida manobra de transição de gênero. Uma garota assustada que precisa de uma nova vida e apoio psicológico imediato. Isso será feito com ou sem a ajuda da justiça" – pesam as consequências e se justifica. "Meu Deus! Que menina linda" — fora seduzida. Deixa para trás o que jamais esquecerá; a loucura disfarçada de mãe. Terá agora a missão de cuidar das sequelas mentais de uma garota que não merecia mais as lembranças do passado e sim um futuro, não um futuro qualquer.

O carona de Rafaela transmite absoluta confiança, pai de família, tem uma empresa de equipamentos médicos, conceituada no interior do Paraná com a missão de levá-la até São Paulo. Está amanhecendo e ele segue firme com a moça dormindo, praticamente desmaiada, no banco ao lado. Não há nenhum assunto a ser tratado por ali, exceto o fato de aquele "rapazinho" maltratado ser do sexo feminino. "Sua beleza é desconcertante" — a olha, mas, sem maldade. Enfrentarão mais de 16 horas de viagem. De onde estão até o destino, haverá inúmeras paradas pelo caminho. Após percorrer essas primeiras horas, um descanso seria o ideal para comer, beber e arejar as ideias. Seu nome é Stein de Arruda Botelho, e ele tem duas filhas adolescentes, com idades aproximadas à de Rafaela. Nunca vira nada, ou situação parecida com essa. Olha para o lado e ela está acordada e ele percebe que seu semblante mudou. Não parece mais um rapazote. Resolve puxar assunto e boceja antes.

— Estamos cansados? – pergunta espelhando a situação.

— Oi? Acho que sim. O olha de súbito enquanto responde.

— Perguntei porque creio que seja hora de um café da manhã e um bate-papo. Que tal nos conhecermos melhor?

— Tudo bem... senhor?!

— Me chame de Stein.

— Olha, por mim não precisa se preocupar. Tenho prática em ficar sem comer, e não quero te dar prejuízo — ele ri.

— Você é uma boa companhia e sei que não tem sido fácil, então proponho relaxarmos um pouco e tentar ser amigos.

'—*Topas?'*— diz com sotaque cantado.

— Pode ser. Não sei se essa conversa vai fluir, mas tudo bem. Só me confessei bastante até hoje com o padre Simão — sorri.

— Não se incomode, estou quase coroinha — ela ri de novo.

O carro entra e estaciona num posto de gasolina, desses com super restaurante, misto de mercado com shopping ou loja de bugigangas. Rafaela, não disfarça a fome e diz que nunca comera tão bem. Ele ri e emenda:

— Sem querer ser observador, mas você se alimentou como um caminhoneiro — e entre risos iniciam uma amizade imprevisível. O celular de Stein toca e ele conversará sobre dinheiro e tecnologia.

Desliga, olha para Rafaela e diz:

— Não consegui falar com a Nívia, e antes que esqueça vou te dar o cartão de visitas dela e te comprarei um celular novo.

— Que legal, senhor Stein. Eu só usava os aparelhos das amigas. Minha mãe nunca me poupou das maldades dela e me manter desinformada e sob controle, era uma delas.

— Coisa de comunista! — ele diz, tal um professor de extrema direita.

— Queria beber, até ficar bem bêbada — ela sugere.

— Não acho uma boa ideia, você é menor de idade. Proponho, banheiro e banho. Você precisa mudar de aparência.

— Um disfarce de coringa seria legal — Abre um sorriso sinistro e encantador.

— É importante ser discretos, mas uma peruca pode ajudar.

— Ótimo, vamos comprar uma, de palhaço! — ela está mudando rapidamente de comportamento. Stein nota e a acompanha, por entre as prateleiras. Rafaela anda como quem sabe o que quer; ser livre e feliz, com certeza. Com um celular novo em mãos, tentará ligar para a amiga Margot. Mas fica frustrada ao lembrar que não tem o número dela; ou mesmo do padre Simão.

— Agora não tenho mais ninguém no mundo; só o senhor.

— Tem, sim, minha querida, tem Deus — responde, com

pena, enquanto anda ao seu lado.

— Não creio em Deus, nunca acreditei... *Essa peruca amarela é legal!* Sempre menti para o padre Simão. Se Deus existisse, eu saberia e sentiria e já teria me livrado dessa situação há tempos.

— Com licença – ele coloca a peruca em sua cabeça – casei-me cedo porque minha namorada engravidou, e imagino que na hora errada. Tive duas filhas, e estão bem; mas Deus levou minha esposa quando as meninas eram ainda novas, com 5 e 7 anos. Não perdi a fé ou me tornei ateu por conta dessa fatalidade.

— Não foi Deus que levou sua esposa — diz categórica.

— Se não, quem foi? — fica curioso.

— Foi o destino dela, assim como o meu; Deus é o destino de cada um. Eu acho.

— Pode ser — Stein evita discutir. Vamos embora? Paga ao caixa e saem em direção ao carro. A Van branca tem adesivos na porta dizendo —Arruda & Salinas Corp.", em letras azuis.

— Veja bem, tenho 36 anos e você 14, e caso a polícia nos pare e peçam documentos, estaremos em maus lençóis. Então direi que você é minha filha e você disfarça. Há fotos suas espalhadas por toda parte a essa hora e principalmente em poder deles... — o celular toca, ele atende.

— Certo, certo... a seguir estende a mão para Rafaela.

— Sim, Dra. Nívia, tudo bem. Posso fazer isso. Obrigado.

A Dra. Nívia Nizzi, com seus inúmeros contatos, ligará para um deles, em Figueirópolis, e o mesmo enviará para o e-mail de Stein, o que seria o início de uma nova identidade para Rafaela. Documentos clínicos adulterados, nos quais a paciente Maysa de Carvalho está em trânsito, no tratamento de uma recidiva. E pela sua autoridade, ficará tudo bem com Rafaela — acredita. Eles terão que parar em alguma cidade próxima, o mais rápido possível, procurar um meio de os imprimir e preparar tudo. Ela os alcançará em breve. O plano de Stein é de pernoitar na próxima parada, depois da cidade de Gurupi, quase chegando em Porangatu, há esse raro casarão antigo em estilo colonial, muito bem decorado e romântico, que serve pratos típicos da região, bebidas e quartos confortáveis. Então a solução é imprimir os papéis e esperar por Nívia. Rafaela embarcará no seu carro e Stein seguirá alguns quilômetros à frente, monitorando os postos da PRF. Pela última ligação, um problema no motor, fará Nívia se atrasar.

Stein, estaciona, desce, vai até a recepção e volta minutos depois já com os documentos impressos — e comenta:

— Rafaela, você não poderá aparecer. É muito provável estarmos sendo monitorados e farejados, e ali está cheio de câmeras de vigilância. Como não posso comprovar nosso parentesco, é melhor que você durma aqui na Van. Vou ligar para a nossa amiga Nívia e avisarei que estou no quarto 22 e a esperaremos até amanhã. Dito isso, ele voltará com um lanche e uma long neck de cerveja. Rafaela, de cabeça baixa, explora o celular como que jogando ou algo assim. Stein a interrompe, estende a mão e pergunta:

— Você acha que é o suficiente? Precisa de algo mais?

— Não, obrigado, vou ficar bem. Tenha uma boa noite — sorri e se volta para o celular. Ele se afasta e senta num banco que fica no jardim. Ali fora, de longe, ele a observa e pensa nas filhas enquanto efetua uma ligação. Ela sai da Van e se dirige até onde ele está, e senta ao seu lado. Espera ele terminar e pede:

— Por favor, por favor... me traga mais cerveja? — ela já

bebia há algum tempo, em pequenas quantias, com Margot ou outra amiga.

— Rafaela, é sério, me prometa que vai se comportar. Você só tem essa chance de se libertar... já volto — ela abre um largo sorriso.

Rafaela, aos 14 anos, tem a estatura de uma modelo com 1,72 m de altura, a beleza e a intervenção cirúrgica de uma tragédia grega na alma. Seu charme é de uma deusa cobiçada por divindades. Nívia Nizzi percebeu isso no instante em que a viu. Para ela, seria mais que estender a mão a essa alma angustiada, e sim teletransportá—la para outro universo — o seu — onde a manteria longe do alcance das garras da sua perversa mãe. Como, não sabe, mas pretende descobrir.

Stein retornará com mais duas cervejas e após se despedir entra para descansar. Horas depois, Rafaela se sentirá suja e embriagada.

Stein, exausto, senta-se na cama, tira a roupa e segue para um banho. O quarto é no térreo e as janelas estão semiabertas. Não há visão para a Van. Ele liga o ventilador e a TV. Liga para o sócio e comentará:

— Então, nunca me imaginei numa situação como essa. Me desculpe, mas só aceitei fazer isso pelas vantagens que a Nívia nos oferece nos contratos dela. A garota é linda, é tanta beleza que nem sei se vou conseguir dormir direito. Não, isso jamais, é só uma criança grande e não sou pedófilo, seu idiota — dá uma risada curta.

Desde a morte da esposa ele vem tomando um medicamento prescrito para falta de sono, e desmaiará; quase literalmente.

"Ninguém conhece ninguém... tragédia... manifestação. Surtos, psicóticos... gatilhos dos mais diversos; com ou sem a participação direta de um opressor. Os movimentos pró-LGBT crescerão, inevitável lutar... a legitimidade, movimentos com bases no físico e psicológico. A igreja está calcada na espiritualidade... diversidade, sexo, comportamentos... será sempre tratada... pecados capitais..."

Com esses pensamentos e devaneios, Nívia segue em direção a um encontro cheio de suspense. Tem um congresso em breve e terá que discursar.

O celular toca, é Rafaela com a voz aflita e contida.

— Alô, Rafaela, tudo bem?

— Sim, quase... desculpe... é que estou só e aconteceu uma...

— Como assim, onde está o Senhor Stein? Você está bem?

— Estou, estou na estrada, na frente da pousada.

— Ele não atendeu o celular. Você sabe por quê?

— Estou com os papéis aqui comigo te esperando.

— Tudo bem, chego em menos de duas horas, vá até à

pousada e peça um lanche, vá se alimentar e não saia daí.

— Não posso ir até lá. Tem muita polícia. "Meu Deus!" – Nívia surta.

— Tudo bem, me espere em algum lugar tranquilo, onde possa se sentar, não sei... não saia daí. "Meu Deus, o que pode ter acontecido?" Se desespera e liga de novo para o amigo Stein — sem resposta. Aumenta a velocidade e horas depois a avistará. Estaciona. Rafaela a está esperando num ponto de ônibus na beira da rodovia. Nívia, está tensa e sisuda, pessoas pedirão carona; ela negará.

— Não posso, estou com essa mocinha aqui — "que mais parece um mocinho" — pensa e manobra o carro em direção à pousada.

— Não quero ir lá — Rafaela está assustada.

— Por que não? — pergunta encabulada.

— Tem muitos policiais e eu não quero voltar pra minha cidade ou minha mãe.

— Preciso saber o que houve. A Van está lá. Alguém viu

vocês?

— Não. Acho que não. Não sei. Fiquei na Van — mente.

— Os papéis estão com você? Ele imprimiu? Se quiser vir

comigo, coloque a peruca, vai ajudar no disfarce — sugere, trêmula.

— Não, não quero ir, tem muitas câmeras. Nívia entra discretamente na recepção. Há um burburinho, uma movimentação na parte externa e policiais interrogam hóspedes.

— Bom dia. Vocês fazem algum lanche para viagem?

— Desculpe, senhora, a cozinha foi interditada pela polícia.

— O que houve exatamente? — quer muito saber.

— Tivemos uma ocorrência estranha. O hóspede do quarto

22, um senhor, amanheceu morto. Uma tragédia. Nunca havia

acontecido antes.

— Ele é o dono daquela Van? — diz apontando.

— Sim, ele mesmo — "como ela sabe?" — fica desconfiado.

— Era seu conhecido ou parente?

— Não... é... que sou médica, e essa empresa é de

medicamentos. Meu Deus! Ele estava com mais alguém?

— Não, ele estava sozinho e parecia bem.

— Você pode me vender uma cerveja? Pede — trêmula, tem

que manter a calma, ou chamará a atenção dos policiais.

— Sim — ele pergunta a preferência e volta em seguida.

— Mas você não sabe do que ele morreu?

— Olha, senhora, pela atuação da polícia e a intervenção na

cozinha suspeitam de infarto, assassinato ou envenenamento.

— Oh, meu Deus... que tragédia. Obrigado por tudo. Entra no

carro, horrorizada, e agora todas as informações de que ela precisa

podem vir do banco do passageiro. Fazem uma parte do trajeto em

silêncio — enfim, Nívia diz:

— Olha só, infelizmente agora tudo vai mudar,

provavelmente para pior e isso inclui nós duas — entende?

— Sim e não — ela abaixa a cabeça.

— Me responda tudo, tudo que eu perguntar — ficou claro?

— Sim, mas talvez você não acredite.

— Como assim? Pode me contar a partir de agora.

Precisamos confiar uma na outra; não sou o padre Simão, mas quero que se confesse. Rafaela — de cabeça baixa — começa a falar:

— Fiquei na Van, e ele me deixou com duas long necks de

cerveja. "Não acredito!" — Nívia pensa, indignada.

— Ele foi desrespeitoso?

— Não, muito pelo contrário, e foi aí que deu tudo errado.

— Não entendi — ela suspeita do que se trata.

— Ele me pediu para dormir na parte de trás da Van. Ele entraria pra dormir sozinho no quarto 22, por segurança. Eu já havia bebido uma cerveja e pedi mais algumas pra melhorar o sono e dormir logo. Mas saí da Van porque estava muito calor. Fiquei sentada num banco lá perto de um jardim e não havia ninguém por perto, e cochilei um pouco. E depois... do nada, apareceu uma moça e sentou-se do meu lado e começou a me tocar e dizia que eu era muito "bonito" entre outros elogios. Eu estava meio embriagada e senti nojo dela, não nojo, mas... queria saber como é com uma pessoa que não fosse igual a mim. Eu a empurrei e voltei para a Van. Olhei para trás e ela havia sumido. Eu estava suada e me sentindo suja e queria um banho. Eu acho que ele queria que eu soubesse como era. Mas não disse nada.

— Como era o "quê", Rafaela? — Nívia está corada.

— Você deve saber, você deve saber como é há muito tempo.

— Sim, sei, mas não gostei muito e hoje já não gosto mais.

— Entendi — Rafaela não entende ou fica surpresa.

— O Stein, "senhor Stein" é muito atraente, era, enfim.

E depois que eu estava na Van, comecei a sentir muito medo e estava com muita vontade, de saber como é, uma atração incontrolável, e acho que ouvi ele me chamar para ir para o quarto. Eu saí da Van sem saber que horas eram, mas era tarde, creio que umas 01*h*30 e eu sabia qual era o quarto. A janela estava apenas encostada. Parecia desmaiado de cansaço. E foi fácil entrar. Ele não acordou em nenhum momento. Tomei banho e voltei. Tinha uma geladeirinha branca cheia de bebidas... Frigo...

" — Frigobar" — a Dra. Nívia a interrompe, diminui a velocidade e pede um minuto — estaciona. Abre o porta—luvas e toma um comprimido, olha o vazio e suspira.

— Tá pesado — diz, enquanto volta a dirigir e pede:

— Pode continuar, Rafaela.

— Vou ser presa? — pergunta, já com lágrimas nos olhos.

— Não vai não. Você é menor de idade e ele te ofereceu álcool. Então não tenha medo. Só termine a sua história.

— Fechei a janela e abri mais uma cerveja, me sentei nua na cama e o fiquei vendo dormir. Queria que ele soubesse que eu estava ali. E a cerveja começou a me relaxar... e eu toquei os lábios dele com os dedos, ele não reagiu. O beijei e ele não acordou. Então comecei a brincar com o seu corpo. Bem de leve, percebi um volume ali, onde eu sentia curiosidade. "Meu Deus!" — Nívia não deseja ouvir o que imagina, se sente traída e percebe que está com um ciúme precoce.

— Eu nunca havia visto e estava nua e com muita vontade de saber como era aquilo. Minha mãe nunca me deixou me aproximar de meninos e eles não gostavam de mim. De verdade, as meninas sempre gostaram mais da minha companhia que eles.

E eu estava muito cansada de tudo aquilo e curiosa... e sentindo aquela sensação no corpo. Talvez eu estivesse gostando dele. Não apaixonada, mas sentia que podia fazer tudo ali. Então, tirei a sua roupa e fiquei olhando aquela "coisa" e toquei. E parecia ter vida e falava comigo —Você está livre, venha aqui comigo, você precisa se libertar."

— Você o ouviu falando com você?

— Sim, ouvi. Ele falava bem baixinho, no meu ouvido.

— Rafaela, por favor pare! Me responda, o Stein estava falando com você? Ele estava acordado? — a pergunta, e Rafaela, com as mãos entre as pernas, joga a cabeça para trás como uma convulsão e grita:

—Não! Uma voz sussurrava para mim.

Me descontrolei.

— Então como ele morreu?

— Eu não sei, mas me deixe terminar.

— Tudo bem — ela responde e Rafaela prossegue:

— Ele não acordou, ou fez de conta que não, não sei. E eu segui meu instinto. Acho... vontade, não sei. Como ele não acordou, eu abri o armário e tinha mais alguns lençóis e eu já sabia como amarrar alguém e os usei, suavemente. Se ele acordasse não iria conseguir me bater. A voz me falou para ter cuidado e eu tive. Então depois fiz de tudo com ele, com as mãos, boca, língua, seios... tudo e eu senti tudo enquanto o quarto girava e eu me contorci e senti aquela parte dele em mim e era quente e bom e tudo em silêncio e molhado e sufocado.

Rafaela baixa a cabeça, faz um intervalo e começa a chorar. Nívia entende, estende a mão e afaga seu cabelo.

— Foi então que percebi, ele estava me vendo, com os olhos vidrados, assustados e eu também me assustei. Ele ia gritar, ia estragar tudo.

— E... o que você fez, pelo amor de Deus?

— Tapei a boca e o nariz dele com as duas mãos, com força. Primeiro, ele fechou os olhos e começou a tremer, tipo convulsionar — sabe? Quando uma pessoa começa a tremer toda e os olhos reviram? E eu estava louca com tudo aquilo, era ótimo e ele continuava tremendo e eu também. Durou um pouco mais e mais e parecia que nunca ia terminar, e depois... tudo parou. Fiquei em cima dele, suada, abraçada e chorei só em silêncio. Agora eu sabia como era, e foi tão bom. Adormeci ali mesmo, não fizemos barulho. Depois, foi estranho. Fui ao banheiro, pois tinha que trocar de roupa e sair dali e voltar para a Van. Então, reparei que ele continuava olhando assustado para o teto do quarto. Olhei também e não vi nada. Depois, coloquei a mão na boca dele e no nariz e senti que ele não estava mais respirando. Então, rezei chorando que ele estivesse apenas desmaiado. O desamarrei e coloquei os lençóis de volta no armário. Não consegui vesti-lo, mas o deixei limpinho. Voltei para a Van — ouvi que os galos já estavam cantando — e foi isso — Rafaela encerra.

Nívia pensa: *Ele tomava algum remédio controlado? Ou tinha problemas cardíacos?* As dúvidas eram pertinentes diante daquela situação estarrecedora. Ela tenta dissociar-se da cena. Rafaela havia surtado por uma combinação de repressão, hormônios e álcool.

Não restava dúvida, conclui.

Chegarão em outra cidade.

Rafaela limpa as lágrimas e *ela* começa a chorar. Com todos esses anos de campo, experiência e um caso tão absurdo e delicado nas mãos, acabara de perder um amigo e entrar em uma rede de intrigas sem precedentes. Sentiu que, ao final, valeria a pena. Rafaela coloca a cabeça no seu ombro e diz:

— Preciso mesmo de ajuda agora.

— Sim, precisamos — Responde em meio a um soluço.

Capítulo 8

Ponto Cego

— Rafaela, pegue os papéis que o Stein imprimiu e me diga qual seu nome a partir de agora. É uma ordem. Veja bem o que está escrito. "*Paciente: Maysa de Carvalho... retornando para 2ª correção de Rinoplastia — a paciente apresenta respiração nasal insatisfatória...*" Entendi — responde uma Rafaela lúcida e colaborativa.

— De hoje em diante você é "*Maysa de Carvalho*" para qualquer pessoa que te abordar. Mesmo que alguém grite— RAFAELA!", você ignorará. Você não sabe nada sobre nenhuma Mércia, nunca ouviu falar de sua cidade, Lindau, Margot, padre Simão, ninguém. Estou tendo a ajuda de uma colega de Figueirópolis — ela me arranjou os papéis necessários e o CRM dela.

Para quê? Para podermos chegar até nosso destino.

— Entendi. Tudo por uma nova vida — ela responde.

— Sim, nova vida, recomeço! Providenciarei um curativo disfarce para esse seu nariz.

— Obrigada — agradece já na pele da nova personagem.

Uma refeição num restaurante de posto de gasolina gera apreensão. Elas se entreolham em silêncio. Cumplicidades oriundas de crimes e tragédias são como a trindade: dinheiro, segredos e mentiras. Quando se trata de poder; nada importa, a vida e a morte se desafiam, sem trégua. Já com o esparadrapo e algodão no nariz, Rafaela pergunta— A doutora já assistiu alguém morrendo?"— diz enquanto observa uma senhora idosa saindo pela porta com uma possível filha. Nívia entende a pergunta e tenta dissociá-la da cena.

— Você precisa entender que as pessoas que eu atendo nunca estão satisfeitas com a aparência, e a maioria delas é abastada. Você veja que, pela foto do seu pai, eu jamais conseguiria ajudá-lo a se tornar, vamos dizer, esteticamente viável ou socialmente aceito. Ele sofre de uma desordem genética irreversível e você não herdou nada disso e deve ser grata. "Gratidão é beleza".

— Herdei a minha vida, por pior que tenha sido até agora.

Minha mãe o usou para me trazer ao mundo — afirma, cabisbaixa.

— Há questões que não trazem respostas fáceis. Nívia diz e continua: Sua mãe deve sofrer de algum distúrbio mental não diagnosticado. O fato de ela usar o poder para subverter a ordem natural dos eventos só reforça essa tese. São pessoas desequilibradas e irascíveis, que fazem com que certas leis surjam para que elas mesmas sejam controladas. Por exemplo, agora, nesse ano de 2006, estarão sancionando uma lei de nome "Maria da Penha", que vai auxiliar as mulheres que sofrem todo tipo de violência. A própria homenageada foi quase assassinada pelo marido, duas vezes — diz fazendo o gesto "paz e amor".

— Nossa, que bom isso, quero saber mais!

— Respondendo à sua pergunta sobre assistir alguém em face à hora da morte? Passei por isso, mas não acho que esse seja o melhor assunto para se discutir à mesa. Clima pesado — encerra o assunto.

—Vou ligar para as pessoas que conhecem o Stein e perguntar sobre ele. Ninguém sabe do nosso combinado a não ser sua amiga Margot e o padre Simão. E, se depender de nós, ninguém mais.

— Sim, de pleno acordo. Dão as mãos em combinado.

— Estaremos passando em alguns postos rodoviários federais e se por azar algum deles tiver barreira irão nos fazer perguntas. Então, esteja sempre fingindo dormir, mostro os papéis,

minha identificação e pronto. Espero não ter problemas com isso.

— Se minha mãe e o marido dela, aquele brutamontes, tiver colocado algum homem dela nas estradas, teremos sim.

— Não duvido de nada — responde apreensiva.

"As luzes das rodovias, as fugas e as despedidas, os acidentes fatais, os olhos de gato, os guard rails, os buracos, o cansaço, o sono e os rebites, os caronas e os contrabandistas. Há essa imensa fauna de seres, animais na pista, serpentes com inveja dos vaga-lumes, sentimentos e elementos que fazem as estradas e rodovias serem o que são. Há sempre mais perigo que diversão; mais loucura e solidão do que se imagina. As estações de rádio sintonizadas e as músicas bregas, subjetivas e sugestivas, as mensagens subliminares, o poder das rodas e dos freios, os piratas do asfalto e as prostitutas fudidas — incluindo as menores de idade — que fazem horrores por um prato de comida — servindo de mula para redistribuição de drogas batizadas. Abusos, prazeres e DSTs. E apesar das pedras rolarem, alguns caminhos jamais se cruzarão."

Sérge, declama mentalmente seu monólogo — *Caminhos* — que talvez nunca publicará. De súbito lembrará de alguém, que tem a letra "C" na inicial do nome: Cíntia, Cláudia? Talvez por capricho, ou precaução, sua mente resista em se lembrar. Sua tímida autoestima o diz que é inteligente, forte e amável. Deitado no seu beliche, entre os outros, é o único branco no ônibus étnico-ciberespacial da Trupe Nawê.

— Alguém ainda tem cigarro? — pergunta um deles. Ele não tem. Mas, a moça a seus pés estende a mão, e o cigarro passa por uns três até chegar ao necessitado. Um deles está com dor de dente, o outro teve diarreia. Um deles abandonou a família; e ele sente saudade, mas não se lembra exatamente de quem. Tem esse trabalho há vários meses e não crê que terminará seus dias nesse meio.

Depois de algumas horas, eles estacionarão no mesmo restaurante de beira de estrada que elas. Entram e vão se acomodando para comer. A garçonete traz o cardápio e eles fazem gracejos, como sempre, e pedem "comida para viajar". Rafaela os observa, olha para todos e todos olham para ela com sua peruca amarela e seu nariz com esparadrapo; fazem reverências e mandam beijos. Menos um deles, que a olha sorrindo como se a conhecesse. Ela olha de volta e retribui. Um deles deixará folhetos do espetáculo no caixa—*Para divulgação".* Saem em direção ao ônibus colorido com a frase "Trupe Nawê".

A dupla termina a refeição, vão ao caixa, Nívia paga a conta e a garçonete se desculpa pelo incômodo. Fora da vista deles, joga os folhetos da trupe no lixo e pensa—Malditos índios vagabundos e comunistas." Nívia não é psicóloga, mas, percebe a ligação afetiva entre Rafaela e a trupe e pergunta se está tudo bem.

— Sim, esse é o dia mais feliz da minha vida — responde

sorrindo. Palhaços e índios; ela os amará para sempre. Enquanto isso, do lado de fora, no estacionamento, eles se alongam, fazem malabares e gracejos. Sérge as segue com o olhar, até que adentrem no carro e o mesmo saia do seu raio de visão. Todos percebem, não entendem e ficam quietos. A moça ao seu lado, Luana da Lua, se enrosca em seu pescoço, pergunta se está tudo bem e ele se mantém em silêncio. "Hoje é o dia mais triste da minha vida" — pensa. Ganha um abraço e devolve uma lágrima.

O celular tocará. O sócio de Stein retorna à ligação e traz um fato novo para a Dra. Nívia; que, estarrecida, olha para Rafaela enquanto escuta com olhos seus arregalados — desliga e pergunta:

— Me diga que o celular do Stein está com você, por Deus!

— Não mais, descartei o chip enquanto te esperava na frente

da Pousada — alivia a tensão. Nívia joga a cabeça para trás—Ufa!".

— O sócio do Stein disse que ele falou de uma garota. Só não sabe que é você e nem que esteve com ele. Com o Stein está morto, posso negar até a morte qualquer parte nisso. Eu sugeri que fosse alguma garota de programa, dessas menores de idade, claro que ele refutou. Mas para Mércia isso jamais colará. Ela virá investigar. Você não aparece nas imagens das câmeras, mas eu sim. Enfim, a casa caiu. Então, escute o que vou te falar, com atenção.

— Tudo bem — Rafaela responde, olhando o vazio.

— Precisamos providenciar um teste de gravidez. Esse é um caso em que a Justiça jamais poderia lhe auxiliar. Se prepare, caso dê positivo. "Está explicado porque a clínica da minha mãe é um sucesso" — Rafaela conclui e Nívia continua:

— Ah! Outro ponto é deixar claro para todos que você jamais esteve comigo ou Stein. Precisamos de um plano muito bem elaborado.

— Sim. Claro, não se preocupe.Alguns minutos depois...

— Tenho a solução! — diz Rafaela com ares de gênio.

— Então diga, por favor!

— OS PALHAÇOS! — Peço para fazer uma foto com o grupo e depois envio para Margot e digo que fugi com eles; ela dirá para o padre Simão, que comunicará minha mãe!

— Mas... como você saiu da cidade?

— Digo que me escondi na carroceria de um caminhão e

depois encontrei os palhaços.

— E se eles não concordarem?

— Concordarão, sim, são boas pessoas — diz, como

consumado. Dirigindo para a pista mais lenta, Nívia dá seta procurando um retorno. Carros as ultrapassam e Rafaela não desgruda os olhos do retrovisor; até que...

— Eles estão vindo! Encoste, estacione e falamos com eles.

— Se você fizer imagens ou vídeos com seu celular, talvez a sua mãe possa rastrear depois pelo número do chip.

— Não duvido. Depois trocamos! – Rafaela está excitada.

Descem do carro e vão até a beira da estrada. Rafaela dará sinais, pulando e agitando uma camiseta nas mãos. O ônibus multicolorido reduz e para ao lado delas. Dois palhaços muito animados sairão pela porta, gritando e apontando um para o outro:

— Eu sabia, nós sabia, ela vai ser da companhia! Ela ri e se sente muito segura entre eles. Sérge a olha atentamente. A moça que está com eles, com maquiagem pesada, se adianta e diz:

— Meu nome é Luana da lua, a que ilumina a sua rua!

— Sou Maysa... de Carvalho — ela diz estendendo a mão, já segura da nova identidade e, ao mesmo tempo, causando uma estranha sensação em Sérge. Ele se aproxima, mostra sua marca de lua na testa e sorri. *Maysa* retribui com um sorriso iluminado.

A Dra. Nívia se aproxima com reservas, se apresenta formalmente e chama a moça, Luana da Lua, para explicar o que precisa fazer. Diz que estão fugindo de um padrasto violento; o curativo no nariz de Rafaela a convence. A moça voltará do grupo e farão o acordo. Gravarão o vídeo na próxima apresentação, horas depois. Na cidade vizinha, entre Porangatu e Sta. Teresa de Goiás, o evento é um sucesso, e Nívia, obviamente, ficará fora de cena. Admitirá que essa foi uma boa solução. Durante os números, a participação de Rafaela é soberba. Ela faz partner com Sérge e há uma sintonia fina entre os dois e sua performance é incrível. Após o show, os dois fazem mímica espelhada, dançam e ensaiam malabares. Nívia achará estranho. Não só ela como Luana, que parece intrigada.

— Você conhece o Sr. Sérge há muito tempo?

— Estamos em um relacionamento há uns dois anos e nunca tivemos nenhum problema. Ele fala pouco. Às vezes algumas palavras e frases na minha língua, Aruak, português e alemão.

— Percebi que vocês são indígenas. Qual a etnia?

— Salumã Nawê — ela diz e continua:

— Ele faz gestos — libras, acho — sinais e às vezes canta, lindamente. Insisti em saber seu nome no dia em que ele consertou o nosso ônibus. Ele me olhou e disse—Sérge" e tem sido assim. "Mais silêncios contra os barulhos do mundo" — pensa e o observa.

— Ele e Maysa se deram muito bem — Nívia comenta.

— Almas gêmeas? — diz Luana, claramente enciumada.

Na hora da partida, Nívia quer retribuir oferecendo um jantar ou dinheiro — eles recusam. Abraços e despedidas. "Maysa", discretamente, entregará um cartão com os dizeres: *Dra. Nívia Nizzi -Endocrinologista - São Paulo - SP -* para Sérge, não esquecendo de anotar o número do seu celular no verso.

O carro parte e, mais uma vez, ele as olhará com ar de tristeza. Luana da Lua tem um pressentimento estranho.

— Há algo que eu precise saber? — Não ouvirá a resposta.

Algo em seu coração diz que ele já sabe mais do que deveria. Como combinado, para ganhar tempo, o vídeo foi enviado no outro dia pela Trupe para Margot, que mostrou ao padre Simão, que avisou ao delegado Régis Couto, que se sentiu um herói nacional ao comunicar Mércia. A divulgação do vídeo é bombástica. Nívia conseguirá ficar fora do foco da investigação por um tempo, o que não acontecerá com a Trupe Nawê que será interceptada pela polícia poucos dias depois. Mércia e o marido os encontram na esperança de achar Rafaela infiltrada entre eles. Tarde demais.

Acompanham o interrogatório:

— Encontramos essa mocinha, Maysa, num posto de gasolina e ela nos pediu carona pra qualquer lugar que fosse — diz Luana, nervosa.

— Havia mais alguém com ela? — o delegado pergunta.

— Não, senhor, ela estava sozinha e com fome — mente.

— Pernoitou aqui e hoje havia desaparecido — diz o outro.

— Por que ela faria isso? Se desentendeu com alguém?

— Não, pelo contrário, ela se deu bem com o Sérge — que também se foi. Mas ele é diferente da gente, é de etnia branca — responde outro.

— Como é esse Sérge? — Mércia pergunta.

— Olhe aí na foto. Ela está ao lado dele. Mércia olha, e é óbvio que não o reconhecerão. Ele está maquiado ao lado de uma garota de peruca amarela.

— Quero que me digam tudo sobre esse homem que

desapareceu — diz o delegado ao lado de Mércia Oserov — furiosa. Luana da Lua diz:

— Ele disse precisar de uma carona e achei que podia nos ajudar em algo. Ele é bom em mecânica, conhece muitos atalhos e a maioria dos policiais rodoviários há muitos anos. É do bem, e...

— E ele pode sequestrar e abusar de garotas? Quais as características físicas dele? Mércia se impõe, arrogante.

— Moreno claro, tipo surfista, bronzeado e bem atlético para a idade, ágil, educado e solícito. Não me pareceu ter estudado muito, talvez por isso falasse quase nada — Luana o descreve.

— Eles se envolveram? — Mércia Oserov quer saber.

— Creio que não. Ele nunca demonstrou atração por garotinhas, interagimos com todo tipo de público e nunca houve nada de excepcional — Luana o defende e o delegado pergunta:

— Ele tem alguma cicatriz ou sinal físico evidente?

— Sim, uma marca de nascença na testa, em formato de lua ou um "C" bem pequeno — conta outro palhaço ingênuo.

Mércia de imediato descarta duas possibilidades: o envolvimento de Nívia e a probabilidade de Sérge ser Seraphião.

Planeja usar suas habilidades persuasivas para encontrar a filha e prosseguir com seu plano ardiloso. Olha para Luana e a chama de lado e ela a segue, desconfiada. Ao saírem, Mércia, com ares superiores, tentará coagir Luana a forjar uma confissão.

— Sou experiente com gente mau-caráter e tenho a impressão de que vocês sabem mais do que dizem; é isso?

— Entendi o que a senhora quer dizer – Luana, aos 34 anos e uma forma invejável para a idade, encara, olho no olho e responde:

— Creio que a senhora tenha dinheiro suficiente para comprar muita gente. Mas deixa eu te contar um segredinho, 'eu' jamais cedi, ou cederei à opressão e repressão dos brancos, que por pouco não acabaram com meu povo. Pessoas violentas como você, que acredita mesmo que o seu dinheiro sujo de branco possa nos deixar felizes. Portanto, não tente intimidar ninguém dessa trupe, pois esse seu dinheiro não permite consciências tranquilas. E sinto informar que Sérge não foi na mesma direção que sua suposta filha. Ao contrário, talvez? — diz e se afasta.

Mércia se sente ofendida e confusa. "Quem é esse Sérge? Teria ido para Lindau, sua cidade? Com que missão ou propósito?

Maysa... que nome horrível" — desdenha.

O casal mafioso abrirá investigação formal contra a Dra. Nívia Nizzi e a empresa que a acompanhou, Arruda & Salinas Corp. por suspeita de sequestro e aliciamento de menores — sem provas.

As TVs mostrariam fotos de Rafaela, que parece mais um garoto, e isso agora não ajudaria mais em nada a sua identificação atual.

Enquanto isso, em Lindau. *"Querida Maysa, Rafaela desapareceu mesmo. Nem o delegado, com seus poderes, conseguiu pistas dela. Mas, como você sabe, a Mércia tem seus sentidos apurados e depois de uma conversa com o padre Simão, decidiu por conta própria ir atrás dela. Acho que sai daqui ainda hoje. Portanto, acho que minha amiga deverá se cuidar. Algumas das meninas daqui sentem falta da Rafa. Beijos e se cuide. Da sua gatinha arranhona, Margot."* Para Margot, por enquanto, Rafaela irá se corresponder como Maysa. Mas, para a amiga, jamais deixará de ser uma garota interiorana em busca da sua verdade, autoafirmação e amor.

Três meses já se passaram nessa imensa cidade onde jamais imaginaria viver; disfarçada no meio dessa multidão. Esse seu novo personagem afastaria a tristeza e a deixaria sorrir? Sim, até mesmo gargalhar. É sua resposta a um passado incolor, onde seus dias eram infinitamente iguais em caos e melancolia. Está sedenta de vida, essa, que pulsa e se insinua ao redor. Mora em um quarto provisório, alugado por Nívia e sente agora que o grau de intimidade entre as duas subira a outro patamar. Apesar de esse dia parecer tranquilo, teve a impressão de estar sendo vigiada. Equacionaria as vantagens e desvantagens que a beleza traz aos seus agraciados, junto a essa sensação estranha de ser uma celebridade fugindo de algum fã; inconveniente. Seu maior desconforto, entretanto, é a paranoia. "Por falar em fã", pensa em Sérge. Deixou em suas mãos um cartão de Nívia com o número do seu celular anotado no verso. "*Me procure quando quiser, Maysa.*" — Por que fiz isso? — pensa. Ela o ama, mas não é hora de confiar absolutamente em quem quer que seja. Sente-se outra pessoa, nesse outro mundo. Inviolável?

Dra. Nívia Nizzi, durante os depoimentos à justiça, deu a entender que havia marcado um encontro romântico com Stein na pousada. Nega qualquer envolvimento no caso e sugere que ele possa ter tido algo casual com alguma garota aleatória ou de programa. O sócio de Stein, a pedido de Nívia, também nega que tenha ouvido falar sobre esse assunto. O juiz consideraria alguns fatos após encontrarem o falecido: não a viram com ninguém durante ou após a viagem; o fato de Stein Arruda Botelho ser viúvo e usar uma medicação que interagia com álcool; não ter sido visto com Rafaela e não terem encontrado seu celular. Detalhes que deixariam a Dra. Nívia com excelentes álibis. Apesar de todas as acusações terem sido retiradas, ela tomaria cuidado redobrado dali em diante. Porém, como sua comunicação com Rafaela seria constante, ela seria monitorada, sem trégua, por um bom tempo.

Mércia Oserov, a mãe, enlouquecida e cada vez mais obcecada com o fracasso das investigações, procurará respostas no oculto. Ao consultar tarólogos e videntes suas suspeitas se confirmariam— *Infelizmente, as mentiras estão ao seu redor e sua filha está viva, bem, mas não cogita voltar; A tal mulher envolvida com a beleza alheia é cúmplice nessa história e guarda segredos sobre sua filha - não falará nada; A carta da lua mostra esse homem com a marca dela na testa e é seu inimigo, tem poderes sobre sua filha e poderá se vingar..."*

Enquanto viva não teria sossego. Usaria a forma mais inescrupulosa de convencimento e manipulação de opinião pública e planeja dar sua última cartada. A TV custa caro, mas com uma boa assessoria de imprensa e dinheiro, conseguiria atingir seu intento. Ou ao menos tentaria. Investiu em redes sociais e nos jornais de emissoras famosas e criou a narrativa de que— *Esse homem — mostrando a foto — um ser com características humanas e de 'origem desconhecida', com a tatuagem de uma lua na testa, pode estar aliciando garotas, ou as sequestrando. Qualquer informação a seu respeito, entrem em contato com a polícia."* Era sua chance de reencontrar a filha e desvendar esse mistério.

Luana da Lua, a apaixonada e criadora da Trupe Nawê, toma as medidas cabíveis diante da Justiça e da imprensa, quer provas, refuta as acusações e exige tempo de resposta. Com uma foto na mão, mostra "Maysa" de peruca amarela sorrindo ao lado deles. E diz: *Há alguns meses, essa senhora que acusa o Sérge de 'criatura estranha', com características humanas e de 'origem desconhecida' nos procurou e tentou me subornar em troca de informações que não temos. É uma doida varrida, prepotente e arrogante, que quer prejudicar uma pessoa que só nos ajudou e fez o bem por muitos anos em nossa trupe. Espero que ela encontre a filha e pare de nos perseguir; tanto a Maysa quanto o Sérge.*

Mas, como a tecnologia da maçã começou a mudar tudo desde aquele dia no Éden, Sérge seria vítima do sistema capitalista e aberrações emergentes das redes antissociais. Uma das fotos em que ele aparece com a trupe evidencia sua marca na testa, e a partir dessa data, após a exibição num canal de TV aberta, começaria um evento insólito de duas faces. De um lado, pessoas que se identificaram com seus traços tatuarão aquela lua como um ícone. Do outro, hienas sempre risonhas, visando dinheiro e fama, apostavam na maldade de Mércia Oserov e sua busca desenfreada. Iniciariam uma perseguição digital implacável e o tornariam 'inimigo público número 1'. A partir de então, inúmeros adolescentes e adultos seriam denunciados e outros presos por confundirem as autoridades, ou estarem supostamente lhe dando abrigo. Em geral, notícias vazias para gerar ibope. Alguns familiares pediriam providências à Justiça e Mércia iria responder por assédio moral, entre outros artigos do Código Penal. Mas, no desespero, Mércia, por fim, alimentaria a lenda de que o encontrariam em noites de lua cheia, desenterrando mitos de licantropia, entre outros absurdos.

No mundo real, frustrando as expectativas dos seus captores mais afoitos, um Sérge super-humano saltava dos seus trapézios entre um trabalho e outro, desde que pudesse ficar perto de Maysa. Mesmo sem a certeza de algum parentesco consanguíneo, sua intuição dizia algo. Porém, sua aparência não era condizente com a dela ou com a foto que vira na TV, não reconhecia nenhum traço seu, e agora na nova versão menos ainda. Não queira ferir os sentimentos de ambos, revelando-se antes de uma confirmação científica, como um exame de DNA ou algo assim. Como e quando conseguiria isso?

E quanto a essa mulher louca, que os perseguia? Todo cuidado ainda seria pouco. Jamais conseguiria uma liminar da polícia exigindo que ela mantivesse distância. E além dele, quem a protegeria?

Dra. Nívia Nizzi e Maysa de Carvalho agem discretamente. As duas têm se encontrado com mais frequência, fora de olhares curiosos; menos o de Sérge. Ele as segue e planeja uma aproximação — mas se contém. Seis meses após os acontecimentos, o que se vê são algumas pessoas com "aquela" lua crescente tatuada em alguns pontos do corpo, pulso, antebraço, ombros, costas e... testa. Trend?

Ele se questiona: *Quem gostaria de conhecer o verdadeiro Sérge?* Ninguém interessado em seu bem-estar, apenas em lucrar com sua pele. Ele carrega um fardo só seu; problemas mentais, só seus. Nesse clima de suspense, ele se tornará novamente o que sempre foi: o homem sem lar. O anti-herói. Rejeitado ou abandonado pelos pais?

'Talvez seja melhor deixar assim por enquanto' — pensa, enquanto segue em frente. Tem motores a cuidar numa oficina mecânica no mesmo bairro em que Maysa mora.

Capítulo 9

Libertas

Nívia apresenta *Maysa de Carvalho* ao grupo LGBT Libertas, que ela apoia, e onde desenvolvem projetos de conscientização sobre suas situações, além de ações contra a discriminação, e em favor de políticas públicas, medidas protetivas e inclusivas. É onde ela vai se tornar a queridinha do momento. O fato de se envolver com as meninas do grupo e interagir com suas mazelas será também uma forma de conquistar um espaço de poder, acolhimento e proteção. Apesar de não entender a iniciativa de Nívia, ficou grata pela ocupação remunerada, mesmo querendo retornar ao universo hétero.

O ambiente é leve, descontraído, ensolarado e exala um cheiro leve e cítrico de limpeza, em contraste com o ambiente sombrio do casarão. Rafa não sentiu assédio algum por parte das novas colegas, e sua condição, antes vista como uma aberração, se inverteu. Aqui é admirada, e sem falsa modéstia, quase cultuada. Por mais que se esforce em evitar, tem sentido uma atração quase natural pelas amigas e isso será evidenciado em suas próximas aparições para Sérge e sua tutora. Síria Lamine, ativista e refugiada, que fugira do seu país, tem sido a mais presente, sincera e interessada no seu bem-estar. A relação entre as duas se desenvolverá de forma semelhante à que ela tinha com Margot Rivas em Lindau. A essa altura, mesmo hétero, sua condição de adolescente livre e carente renderia muitas indagações e algumas investidas seriam consideradas. Não sente que precise dar satisfação a ninguém. Porém, após ser abordada por uma das garotas no banheiro, e mesmo trocar algumas preliminares, iria despertar em Síria a síndrome da conselheira enciumada. Além de amiga, Síria era a chefe do grupo e a tinha como sua pupila, e logo a chamaria no escritório para uma conversa esclarecedora.

— Maysa de Carvalho, me diga que sabe o que está fazendo — pergunta, séria e direta, olhando em seus olhos.

— Olha, Síria, eu estou chegando agora e não sei como me comportar direito. Se puder me ajudar, agradeço – pede tímida.

— Maysa, eu adoro você, você é deslumbrante e apaixonante. Mas veja se você já se decidiu por isso. Eu sempre direi: meu sexo foi definido no útero, minha sexualidade não.

— Eu te entendo, Síria, e agradeço. Mas eu estou nessa gaiola dourada que a Nívia me colocou; com poucas opções de vida social. Saio daqui para o meu quarto e, por precaução, saio pouco.

— Veja bem — Síria a abraça — Você pode contar comigo e me chamar no celular e sairemos quando quiser. E aqui entre nós, não precisaremos nos comportar como as outras garotas do grupo; ou satisfazer os caprichos delas. A Nívia, quando me falou de você, disse que você era hétero e riu. Estranhei muito essa atitude dela.

— Síria, eu já beijei e fiquei com outras meninas em Lindau, a única que me deixou sem jeito — apesar de amá-la — foi a Margot Rivas. Ela sempre foi, assim, solícita como você. Há poucos meses, fiquei com um homem e não esqueci a sensação. Eu não gostaria de ser alvo de rótulos e talvez seja bissexual — e sinto que terei mais experiências com homens; com meu lado hétero. Sinto isso.

Síria se levanta e volta com uma cerveja para cada e diz sorrindo:

— Vou te corromper' — e continua em tom sério.

— Acho que você deve pedir que a Nívia te deixe se consultar com uma psicóloga. Nívia é uma boa pessoa, mas nesse, vamos chamar de 'hiato' entre sua antiga e nova vida, você deve ser corajosa, posicionar-se para garantir sua liberdade. O que o passado condena, o futuro não perdoa; e quando perdoa, deixa sequelas, na maioria das vezes no âmbito moral, e isso independe de escolhas sexuais. Então te digo: se Nívia Nizzi te trouxe para cá, ela sabe o que está fazendo. A atitude dela não foi criminosa, não, mas eu configuraria como assédio indireto. E você deve entender que ela é uma predadora; se você ceder a alguém daqui do grupo, ela descobrirá — e você ficará num dilema. Mas, por outro lado, sair da obscuridade e decidir se assumir também pode ser um alívio. E

esse seu jardim exuberante atrai muitas borboletas. No meu país, dizem
—o mundo não prometeu nada a ninguém" — espero ter ajudado — Síria
se levanta e se vai.

Essa linda mulher do Oriente Médio, com seus 23 anos e
imensos olhos de cor turquesa, é a mais sedutora de todas. Deixa Maysa
pensativa, enquanto desliga as luzes e se prepara para sair. Ao voltar, ela
a observa, abraça e beija o rosto.

— Seja minha amiga; só isso. Ali nasceria uma relação de amor
platônico e a devoção permanente de Síria Lamine por ela.

Rafaela coloca seu moleton e o capuz na cabeça e seguirá para a
estação do metrô. Enquanto caminha, pondera sobre o que Síria lhe
disse. Atualmente, a ONG paga o suficiente para aluguel e algumas
despesas básicas; mas deve se preocupar com o que Nívia investiu nela
até agora. "Alforria" — uma palavra antiga que lera num dos livros que
Anne lhe dera, era agora pertinente a ela, que sabia ter escrúpulos a zelar.
Sentiu saudades da sua querida babá. Também lhe veio à memória o
estranho tipo físico dela — para uma mulher — que, apesar de delicada e
sensível, era quase musculosa. Talvez por conta de trabalhos braçais no
sítio do pai, mas, além disso, sentia que se alguém com más intenções se
aproximasse, ela estaria pronta para defendê-la. Essas lembranças, e
outras que envolviam sua cidade, Lindau, a amiga Margot ou o amigo
padre Simão, a fariam se isolar em si e em seu quarto, beber umas
cervejas e dormir. Sabe que, por mais que sua mãe tivesse dinheiro, bens
e poderes quase ilimitados, jamais poderia restituir as alegrias subtraídas
na infância. "Roubo de felicidade alheia — esse é um delito, que
infelizmente não se aplica ao Código Penal" — raciocina, às vezes,

quando se revolta.

Por onde anda, exala uma beleza e simplicidade qual perfume raro que desperta os olfatos mais distraídos. Seu paradoxo era ter sentido atração súbita por Sérge no momento em que o conhecera. "Sensação estranha e desconhecida entre dois desconhecidos." Estava desperto seu animal interior, não por ele ou pela experiência com Stein. Acredita na herança genética materna. Sente que não traz em si princípios morais rígidos, tal como Mércia, e que a repressão talvez tenha sido o catalisador ou gatilho para toda essa volúpia. Ainda assim, sente no íntimo a presença de um caráter firme, talvez do lado paterno. Mas, "quem?". Se desculpa ao esbarrar em alguém, o observa e pensa—Poderia ser um estranho desses que a gente encontra ao acaso?"

A natureza distópica e fria dessa cidade, a partir de agora, a convidaria para passeios com seus feromônios, conhecer gentes, ruas e talvez atrair um espécime macho, relaxado e viril. "Talvez nos moldes do Sr. Stein?" — Imagina, se arrepia e sente remorso.

Nívia mora em um apartamento de alto padrão em uma área nobre do centro, próximo à Avenida Paulista. Enquanto ela se mudou para outro, mais simples, próximo ao bairro do Bixiga, que, da ONG Libertas, fica a minutos de bicicleta, táxi ou mesmo a pé. Mesmo em momentos como esse, de intensa comunhão de sentidos, se autoaconselha a não se arriscar a uma visita. "Tesão não tem hora nem dono" — presume.

Sérge a tem seguido com esse estranho instinto de protegê-la e planeja aproximar-se novamente. Ela passará distraída, sem perceber que do lado oposto da rua ele faz malabares. Ele gostaria que ela o reconhecesse primeiro. Mas, por algum motivo, pela mudança radical do visual, ela busca o anonimato. Está quase irreconhecível desde a primeira vez que se cumprimentaram, e ele receia importuná-la. Sequer suspeita que estão conectados por fios invisíveis do pensamento, recíproca e emocionalmente.

Nessa noite de lua cheia, estará sentada numa mesa de bar com um estranho, um pouco mais velho, tomando uma cerveja. Enquanto Sérge, discreto, com um gorro na cabeça, se sentará numa mesa próxima e, propositalmente, os escutará. Eles discutem sobre futilidades da música atual, cultura LGBT, racismo e opressão. Tudo parecia estar indo bem, quando num dado momento ela se levanta. O estranho a imita e começa a gesticular e aumentar o volume da voz e a segura pelo braço num gesto abusivo. Ela é ágil e se desvencilha, assustada, se afasta. Sérge age pelo instinto de protegê-la. Avança como um raio e, sem que ela entenda o que está se passando, verá o cidadão ser atirado para longe por um estranho esbarrão. "O que é isso? — Se admira. Da mesma maneira brusca que chegou, em segundos ele se recompõe e diz, com as mão levantadas:

—Desculpe, Maysa! — mostra timidez e vergonha. Ela reage se afastando, sem o reconhecer — enquanto ele tira o gorro — leva o indicador até a boca com a pedir calma e silêncio.

— Sou eu, Sérge! — diz. Ela dá um grito histérico, agudo, misto de susto e alegria. Alguém, esbarrado, faz fuga pelas sombras.

— Meu Deus! Que noite linda, isso é perfeito! — ela diz, enquanto o abraça e chora. A garçonete se aproxima e Maysa o apresenta.

— Sérge é um grande amigo, me protegeu — ela o elogia e ele se sente bem. As nuvens negras se dissipam e o tom de prata lunar se espalha como convidado de honra. Em resumo, essa alquimia efervescente e sem nome os atrai. Começa agora uma nova fase na relação, regada a algumas cervejas, petiscos e muitas risadas, e ela perguntará:

— O que é isso? O que aconteceu com a gente?

— Eu ainda não sei explicar. Somos dois fugitivos, ao que parece — ele diz, dando a entender que sabe sobre Mércia.

— Acho que estamos ligados pelo sobrenatural — ela diz,

passando a mão no seu cabelo. Ele pretende evitar esse tipo de contato — e pergunta:

— Como ficou a situação entre você e os seus pais? Imagino que tenha sofrido ao ficar longe da sua mãe.

— Como assim? O que você sabe? — Está surpresa.

— Quando você me encontrou na Trupe Nawê, disse que fugiu por que estava sendo espancada pelo padrasto. Por que ele faria isso?

— Ah! Por conta da minha rebeldia? — mente e continua.

— Por que deixou a Trupe Nawê? A Luana não se importava?

— Acho que o destino me quis em outros caminhos. Ela se

acomoda, sentando ao seu lado, e brinda a um "futuro picante".

— Precisamos conversar sobre essa promessa de futuro.

Não sei se vamos ficar próximos por muito tempo. Estou sem norte e você tem o 'desconhecido' pela frente — Ele diz com sinceridade.

— Quem... você? — responde, claramente o assediando.

— A propósito, como vai a relação com a Dra. Nívia?

Te ajuda com algum dinheiro? — muda de assunto.

— Sim, mas tenho trabalhado numa ONG para retribuir e ela quer me adotar judicialmente, o que acho impossível enquanto eu tiver parentes. Na real, acho que ela alimenta algum sentimento por mim, e creio ser melhor evitar essa situação — confessa.

— Por quê? Você acha que alguém iria te censurar?

— Queria poder controlar meus instintos. Acho que sou desequilibrada.

— Ninguém nunca disse quem era seu pai biológico? —

Sérge diz, retirando a mão dela da sua coxa.

— Não. Certa vez, uma amiga, a Margot, disse que um tal Sr. Duval de Paula, um almofadinha, tipo *homo politicus*, poderia ser meu pai. Ouvi dizer que, antes de minha mãe engravidar, eles tiveram um caso. Hoje é casado e tem filhos. E meu padrasto violento é um ex-delegado abusador, atualmente usa coleira BDSM cravejada com diamantes; da minha ex-mãe.

— Como assim? — Sérge imagina a cena e ri.

— Meu pai era albino — diz, se virando em sua direção.

— Mas você não tem nada de albina — ele discorda.

— Não sei, mistérios — responde e pergunta sugerindo: sobrenatural seria irmos à minha casa? Os dois estão quase alcoolizados.

— Vou te acompanhar até lá — ele concorda, e apesar de morar perto, não confessaria. Seguem juntos até o apartamento de 'Maysa'. Caminham abraçados, falam sobre a beleza da Trupe Nawê, Luana, os eventos e saudades. De repente... ele a segura firme pela mão e param. A tensão os imobiliza. Ele pressente o perigo, sente uma ameaça no ar, como um cão farejando, ele gira a cabeça olhando para cima, ao redor e arregala os olhos — inala o ar respirando fundo, segura firme no seu antebraço... e sussurra:

— Corra! Disparam pelas calçadas do Bixiga no meio da noite. Correrão por algum tempo cruzando ruas entre pessoas que se esquivam e se esbarram. Minutos depois, pararão para respirar e rir de alguns xingamentos. Ofegantes e suados, se abraçam após olhar ao redor e se sentirem seguros. Sentiram a sensação de que havia um predador à espreita que os seguiu. Entram no prédio.

O apartamento no 6º andar parece seguro, o edifício oferece circuito interno de monitoração, o recepcionista... parece sério.

Ao entrar, ele admira as janelas largas e as enormes cortinas. Já descansados, Rafaela vai direto à geladeira e pega mais bebidas.

— Preciso te perguntar... — ele diz enquanto pega uma cerveja da mão dela.

— Diga sem medo — ela o responderá, sentando-se ao seu lado; maliciosamente.

— Você já ouviu o nome 'Seraphião?' Se levanta, indo até a janela; sente a temperatura aumentar.

— Mmmm, não que me lembre, por quê? — Ela vem e o abraça por trás.

— Esse nome fica indo e vindo na minha cabeça — ele diz, olhando para o teto e recapitulando.

— Prefiro Sérge — diz agarrada à cintura dele, que começa a relaxar e ter dificuldade em raciocinar. Ela coloca a mão por dentro da camisa dele e começa a desabotoar, e lhe provoca a sensação de estar sendo empurrado à beira de um precipício.

— Maysa, não temos como continuar com isso.

— Eu sei — ela responde e o empurra para o sofá.

— Você tem idade para ser minha filha e isso seria errado.

Ela é grande para a idade e o empurrará para o tapete.

— Vou te fazer uma massagem — se impõe. A claridade atravessa as cortinas que flutuam esvoaçantes. Seus cabelos negros contra a luz da lua e aqueles olhos, lábios e dentes perfeitos. O estereótipo de uma vampira no cio, sedenta por sangue. Ela estende a mão para a cerveja, toma um gole e tira a camiseta. O celular toca. Ela se irrita e o desliga antes de o atender. Ele está desorientado e pensa—Mesmo sendo ateu, ainda tenho bom senso?" — pensa e decide deitar-se de bruços. Ela inicia uma massagem — quase impossível; ele é magro, tem as espáduas duras e musculatura bem definida. Se deita sobre ele. O interfone toca e o porteiro implora:

— Apenas atenda o celular, por favor! — e desliga. Ela não entende, mas atende a próxima ligação. Uma voz feminina e conhecida diz, de forma calma e entristecida:

— Não faça isso, não com ele. Vocês dois estão perdidos. Não faça. Amanhã à noite jantaremos juntos, os três — e desliga. Rafaela está perplexa, ofendida e frustrada. Quanta audácia! Como poderia? Primeiro Mércia, e agora Nívia? "Ela não tinha esse direito!" — caminha tensa e lentamente pela sala à meia-luz e vai olhar pela janela. Nesse momento, sente que precisa se desvencilhar dessa situação e ser livre, de verdade. O jogo está começando; 1 × 0 para Síria Lamine. Sérge, está deitado de bruços — não ouviu a conversa, mas percebeu sua indignação — e não vê ao seu lado tamanha beleza, seminua, com o tronco nu à mostra, trôpega, caminhando decepcionada de um lado para outro. Ela cambaleia, enquanto procura a camiseta para se vestir, muito contrariada. A noite enluarada ilumina aquela imensa cadeia de edifícios eretos, modernos, velhos e novos, imponentes símbolos de poder e masculinidade. E ali, em um deles, há alguém deitado a seus pés, quase indefeso, a quem inexplicavelmente deseja, e em outro, entre centenas de janelas, há quem a observa desde sempre. "Talvez, o predador que nos seguiu seja apenas o terceiro olho de Nívia." — imagina enquanto se recompõe e chora. Olha ao lado e ele está dormindo. "Sérge... quem é você, homem?" — agora ela quer saber. Sobretudo, sobre essa invasão de privacidade. Horas depois, Sérge acordará. Após esclarecimentos, um abraço demorado e a promessa de voltar na noite seguinte para o jantar com Nívia Nizzi. As 18h30 Rafaela desce, e um motorista os espera. Sérge diz: — Resolva com ela o que for preciso e depois falamos. Sem maiores explicações, irá se afastar, enquanto ela tenta segurá-lo, em vão. Pelo olhar, ele não considerou nada do que houve na noite passada. "Quem é esse homem?" — Rafaela divaga enquanto a cena desfoca e ele desaparece na esquina, e se funde com a tarde e a noite. O carro seguirá seu curso enquanto ela pensa em desistir. Durante o trajeto, ela pode observar o nome de Nívia em alguns painéis e outdoors anunciando produtos de beleza. É um nome consolidado, além de ser profissional, é também um ser humano incrível que se preocupou em ajudá-la no seu momento mais difícil. "Por que se interessou tanto por mim? Seria o mesmo com outra garota?" — raciocínio cartesiano. Considera seu corpo ali, sendo levado involuntariamente, e que, desde a noite passada, arde absurdamente.

Ao chegar é recebida com surpresa, por estar só.

— Como assim ele não veio? — pergunta e a abraça.

—Também quero respostas, Nívia Nizzi — está tensa.

— Quer uma cerveja? Sei que você gosta — diz, sentindo a hostilidade. Rafaela responde que sim e, impressionada, olha em volta enquanto a segue em direção à cozinha do apartamento, com seu clima de filmes noir e uma decoração sensual.

— Rafaela, o Sérge poderia ouvir o que vou dizer — estende a long neck.

— Eu também preciso saber de alguns detalhes sobre invasão de privacidade; por que fui parar no meio de um grupo de lésbicas, se você sabia que eu estava fugindo dessa sanha homo da minha mãe?

— Escute e você vai entender. Primeiro, sobre a invasão de privacidade: eu fui avisada por alguém que nos conhece e gosta muito de você. "Será quê?" — Rafaela imagina o porteiro do prédio.

— Segunda resposta: O último lugar onde sua mãe iria te procurar seria no meio de um grupo como aquele. Ela deve imaginar que você se assumiu hétero, finalmente está livre e, no mínimo, com o Sérge — o que quase se tornou verdade, não é mesmo?

Nívia ganha a primeira rodada de argumentação e continua:

— Veja bem, o Sérge é um alvo fácil para a Mércia e você está em segurança ao meu lado. Caso não façamos um teste de DNA o mais rápido possível, teremos, inevitavelmente, caos e descontrole. Quero que você o traga o mais rápido possível até aqui ou peça que me ligue — o que não acho seguro. "Ela quer se livrar do Sérge?" — Rafaela pensa, mas não vê lógica. "Meu pai era albino" — conclui que sua mãe teria muitos meios para isso.

— Providenciarei os testes e, se ele for seu pai biológico, a questão da guarda estará resolvida ou pelo menos tentaremos. Por isso, pedi que você tivesse calma. — Nívia finaliza e circula flutuante pelo ambiente.

Rafaela percebe toda sua segurança, charme e leveza e, por alguns segundos, a inveja. "É uma super mulher". Sente que seu animal libidinoso, faminto, quer atacar, saltar de dentro dela.

— Nívia, acho que te devo uma massagem? — afirma baixinho

com uma voz doce de alguém cansada de esperar. Nívia, surpresa, se afasta, a olha por inteiro e dá uma risadinha tímida e sedutora.

— Venha comigo, meu bem — responde, enquanto a leva pela mão até a sacada. A tímida claridade lunar começa a despontar e competir com a iluminação noturna dessa metrópole feita de concreto, nervos de aço e desejo. Elas estão fazendo um jogo, um jogo entre uma adulta e uma criança, um jogo perigoso, um caminho sem volta. Rafaela não entende ou suspeita que ofereceu um atalho. E agora, plena e absoluta, longe da mãe e de tudo o que a machucava, quer gozar, literalmente, a beleza dessa nova vida; seus mimos e seus prazeres. Nesse mundo, há quatro elementos perigosos a serem considerados: dinheiro, segredos, sexo e mentiras. Esses insidiosos elementos do caos jamais se equilibrarão.

Ela está sendo devorada. Essa nova descoberta é muito superior a qualquer outra investida que alguém pudesse ter iniciado. Se fosse sublime, não teria esse efeito; está fora de cogitação. Não há mais volta, não há mais inocência. Rafaela quer mais e terá. Tudo ao redor parece flutuar e sussurrar por vingança; novas sensações borbulham em suas veias, e essa nova e desconhecida champanhe, invadindo e derretendo seu corpo em espasmos incontroláveis.

Seraphião a está observando da lua, por fora e por dentro.

Sérge deixará seu monólogo na portaria do seu prédio. Ele irá se mover hoje à noite, deixando para ela seus pelos, saliva, sangue e saudades. Precisa se mover, como as fases da lua, se afastar do perigo e ter paz. Ela encontrará todo o material nessa caixa de papelão com uma carta, escrita entre medos, receios e suas razões.

"Talvez não encontre paz ao seu lado, como não encontrei ao lado da mulher que amei. Tenho idade para ser seu pai e isso é ainda pior. Penso que, pela sua idade, você precise da ajuda de algum profissional da área de saúde mental, sem querer ofender. No geral, as pessoas são boas e o mundo poderia ser melhor. Entregue-se ao que você ama e tudo ficará mais fácil. Talvez a Nívia seja a resposta; talvez o teatro e umas doses de rum. Sinto uma sede insaciável por liberdades. Não sei se a trupe ainda me espera, mas sei que terei que me encontrar mesmo longe deles. Eu te amo e desejo seu bem. Fique bem e torça por mim. PS. Todo esse material disponível deve servir para um teste de DNA; suspeito de algum grau de parentesco com você. Melhor que um teste de gravidez.

Seu querido amigo, Sérge Martin Hoff."

Do sexto andar do edifício em que ela mora, toda a região escutará um grito lancinante, como se uma flecha atravessasse o coração da cidade. O coração de um animal perseguido e enfim abatido. Como se ela quisesse que toda a cidade contasse a ele—Não, não vá, seu fujão; você mora nesse coração que grita seu nome nos meus ouvidos". Em vão. Nem mesmo os vizinhos, o síndico, o porteiro ou a polícia, que passa na avenida, irão se importar. Todos acham que esse grito é irreal, que veio do céu. E algum bêbado dirá: É *o fim dos tempos!* Sim, para ela, o mundo acabou. Mas as lembranças servirão, e ela saberá até onde ir então. A loucura não faz amigos ao léu, não senta ao seu lado a escutar; apenas toca harpa no meio das chamas do mundo de alguém. Há esse calhamaço, esse mistério que ela pretende desvendar. E coloca sua cabeça sobre ele, como num travesseiro, ao se deitar.

Nívia irá receber o material para análise e, após colher amostras de Rafaela, esperará o resultado, apreensiva. Os dias se passam, não como outros, os dois lados estão em suspenso, como uma codependência recíproca. E ela passará a se perguntar até que ponto aquela garota que se debruça sobre o celular, atormentada por essa falta, buscando esse ser estranho, mereceria tê-lo como pai. Até que ponto ela deveria arriscar-se a perder essa menina tão linda, doce e desamparada para um mundo tão frio e cruel? Que homem seria esse se não fosse o seu pai? Fica a imaginar as probabilidades e entende que Mércia Oserov poderia ser uma esquizofrênica; mas e o pai? Não, Sérge não é o pai, e teve, como disse Luana, a hombridade de não se envolver física e criminalmente com nenhuma criança. São tempos tenebrosos. Mas e ela, Nívia Nizzi? Estaria com a consciência tranquila? O que fizera numa cama king size, entre lençóis de seda, munida de luxúria, óleos e incensos? O que sentira?

E esse pedaço de paraíso ali do seu lado, mais triste que um órfão em noite de Natal? O que poderia fazer agora a não ser se autoincriminar? Se sentir menor e mesmo assim continuar alimentando as suas mentiras? Que fosse. Afinal, o mercado clandestino de embriões continuaria a dar lucro. E um pouco de bebida forte afastaria esses fantasmas; épicos.

— Rafa, você tem um tempinho para mim? Venha aqui, meu amor — diz, como se tivesse um bisturi para extirpar qualquer dor. Mas não é São Rafael Arcanjo que está ali.

— Não me sinto bem — Rafa responde, chorosa. Preciso de um médico, uma bebida qualquer, quero morrer embriagada — diz, enquanto se arrasta em sua direção com seu lindo corpo e a abraça.

Naquele exato momento, Nívia decide que o resultado do DNA não dará positivo. "Um albino não se transmutaria em um surfista carioca acidental" — decide que, jamais, *never*, abandonará aquela conquista. Decide que até mesmo Mércia, a mãe horrível, terá que se cuidar a partir de então. Pior que o prazer de ter poder sobre o outro é o perturbador risco de perdê-lo. E ela sente que, de agora em diante, Rafaela ou Maysa — que seja — lhe pertence, por direito e obsessão. Talvez não só o diabo tenha o domínio dos prazeres da carne, dos mais sublimes aos mais mundanos. Aquela mocinha, à sua frente, absoluta e tesa, fora seduzida pelo brilho das coisas: das mais doces às mais perversas.

Começará a jogar um jogo vil, obscuro e traiçoeiro, que nem a própria Mércia se atreveria a jogar.

— Você gostaria de voltar a sua cidade, desafiar sua mãe, enganá-la? — pergunta Nívia, com ar desafiador. Vamos! Veremos sua amiga Margot e o padre Simão. O que você acha?

— Não, isso não, nunca! — Rafaela responde como se o passado não fizesse mais parte dos seus planos. Nívia se sente segura. Rafaela levanta a cabeça e a olha fundo nos olhos, como embriagada de prazer. Beija sua boca profunda, lentamente e diz:

— Só quero ser seu homem. Nívia cora, seu coração acelera e ela percebe o mal que fizera a essa criança.

— Não, Rafa, não. Não precisa ser assim — finge recuar.

Imagine só, eu já tive um namorado ou dois, mas eu não gostei.

— Sou Rafa, sou seu homenzinho, me beije. Sente seus pelos eriçarem como uma brisa soprando sobre um campo em chamas. Começa a crer que essa é a solução perfeita e se deixa levar. Gira um carrossel iluminado de possibilidades. "Mércia jamais irá reconhecê-la" — deduz. A vingança perfeita, em dois a três anos, a transição estaria completa e os dois seriam um casal; enfim livres.

— Meu amor, o resultado chegou! Vamos abrir juntinhas?

— Abra uma cerveja! — Rafa pede.

— Sim, meu bem.

Nívia traz taças e se sentam para abrir o envelope.

— Antes um brinde! — *Cheers!* Rafa brinca e diz:

— Me beije, sou seu marido — Nívia a abraça e dirá:

— Apesar de todos os enfadonhos termos técnicos, aqui está bem claro: "*O resultado prova que o Senhor Sérge, sem procedência ou sobrenome, é geneticamente incompatível com a genética perfeita de Rafaela Oserov e isso faz dele um estranho para a mesma.*" — diz em tom de galhofa e comemoração, levantando a taça e a abraçando. Rafaela se espanta, se desvencilha, pega os papéis e, num acesso de fúria, os rasga, se levanta abruptamente e sai da sala em direção ao quarto. Nívia segue. Ela se tranca à chave. Batidas na porta do quarto e a insistência do lado de fora.

Sem resposta.

— Me responda e seja bem sincera. Se ele fosse seu pai, você teria coragem de cometer incesto com ele? Tive que impedir essa tragédia não faz muito tempo, lembra? — Nívia diz, furiosa.

— Eu estava bêbada e carente. E essas tragédias são misérias da vida e acontecem; e Deus perdoa até os ateus — diz, solene.

— O que acontece entre a gente não é pecado porque a gente se ama e não há mentiras aqui.

Há, sim, afinal ela é a rainha das aparências.

— Vou te dar um tempo, mas agora fico preocupada.

Afinal, se ele não é seu pai, você pode me deixar e ir atrás dele.

Que tal?

Rafaela se levanta, pega sua mochila e diz:

— Sim, é isso que vou fazer.E sai porta afora.

Capítulo 10

Dinheiro do Fim do Mundo

Rafa tem seus planos, suas amigas e precisa planejar outro futuro, diferente dos futuros que viveu até agora. Faz uma última pesquisa sobre Sérge, sem encontrar vestígios dele. Ela, assim como Luana, está enciumada e pensa em uma hipótese que pode ser válida. Ele pode ter voltado para a trupe. Mas, por que faria isso? Talvez amasse Luana, mais que ela. Precisa de dinheiro para pagar um novo exame de DNA. Onde e como? Negociações e possibilidades. Teria que reencontrá-lo. "Como assim, não é meu pai? Claro que é?" — entendeu tudo após ler o manifesto. Nívia mentiu e ela finalmente sabe disso.

Enfim, entende que não poderá mais contar com ela para sua redesignação. Quer fazer isso porque precisa de paz e de se libertar dessa perseguição. E também será uma forma de dizer adeus à Mércia, dando a ela o todo o desprezo que ela merece e um pouco do seu próprio veneno. Por esses dias, apesar do estresse recente, sente-se bem e sabe que são os altos e baixos da vida, apesar de sua tenra idade. Sente que é precoce e tem algum desvio de personalidade, nada grave. Desde que fora travestida de menino, mesmo contra a vontade, as meninas em geral sempre foram menos abusadas e mais carinhosas que os meninos. Senta-se num banco de praça em frente ao Masp. Senta-se num banco de praça em frente ao Masp, apreciando o verde ao redor e o fauno de Brecheret tocando sua flauta Pan. Nada mais perfeito que olhar o vazio e de repente sentir a plenitude... da fome, e... o celular toca.

— Oi, Síria Lamine, tudo bem?

— Dá uma olhada no link que vou te mandar. O que você

está fazendo agora? Vem pra cá e a gente faz uns drinks.

— Ok. Tô indo — confirma e abre o link.

"... *Artigo 2 da Portaria n.º 2.803 do Ministério da Saúde, que, desde 2008, através do Sistema Único de Saúde (SUS), incluiu o procedimento Processo Transexualizador (redesignação sexual) entre os serviços a serem realizados, de forma gratuita...*"

— Nossa! — parece ter encontrado um tesouro. Vai para casa de Síria Lamine com a certeza de que seus planos irão prosperar. Não irá demorar para Nívia mandar a primeira, segunda e nona mensagem:

"Não quero ter que colocar a polícia atrás de você, já basta sua mãe fazendo isso. Precisamos conversar. Me ligue caso não queira vir até aqui."

Rafa revelará sua verdadeira identidade e todas a admirarão ainda mais. Detalhes do seu plano serão expostos ao grupo e ela pedirá ajuda para retornar a Lindau. O feedback é quase imediato e ela repassa cópias do monólogo do suposto não pai, que é um tanto longo, e ela pretende apresentar apenas uma parte que diz respeito ao que houve antes do seu nascimento. A ideia central é protestar contra os abusos sofridos pela classe LGBT e outras vozes oprimidas. Ela, como protagonista central da trama, irá se utilizar do púlpito da igreja para apresentar a volta de Seraphião. Loucura ou não, essa sua obsessão vem ganhando consistência e contornos de uma tragédia grega nunca encenada.

Apesar de tudo, ela retornará para Nívia e se reconciliará.

É sua paixão momentânea e está à vontade com ela, por enquanto.

Nívia, ansiosa, lhe dará as boas-vindas, enquanto se entreolham como cúmplices de um crime perfeito; ao qual cometeram? Elas sequer compreendem a origem dessa química absurda, apesar das diferenças. A vantagem, claro, estava do lado mais forte da situação. Nívia Nizzi tinha o controle nas mãos e, depois de uma longa sessão de sexo tórrido e repleto de promessas líquidas, as duas aterrizarão sóbrias de volta à realidade. Rafa, mesmo entregue, jamais confessará que, doentiamente, fantasiou com Sérge e diz:

— Nívia, quero te dar um novo nome. Assim poderemos falar por códigos e despistar alguns paparazzi abelhudos.

— E qual seria, meu amor? — Se espalha na cama, curiosa.

— Niní! — Rafa diz, com uma vozinha aguda e infantil.

— Amei! — diz uma Nívia sincera. Aprovei, Sr. Rafa Nizzi!

As duas estão em seu elemento e seguem para a cozinha preparar o lanche da tarde. Nívia, apesar de toda a paixão e devoção por Rafa, encontra-se presa em suas próprias armadilhas para mantê-la por perto. Decide apimentar um pouco mais a farsa sobre Sérge.

— Rafaela, tenho uma teoria; ouça e entenda.

— O que seria? — Rafa diz, enquanto mastiga um pedaço de maçã e com olhos juvenis brilhando como um cristal polido. Ela ouvirá mais essa mentira de quem deveria fazer o oposto. Nesse seu novo mundo e nessa nova interação com a amante e a sociedade, isso seria o correto; ou razoável. "Mas não sou perfeita" — concorda.

— Imagine você que Sérge fosse seu pai e simplesmente quisesse deixar isso no passado. Apenas para não ter que assumir a responsabilidade — o que EU estou fazendo — enfatiza e continua. Seja por conta da situação financeira ou por medo dos poderes da Mércia, o que você acha que ele faria? Seja sincera.

— Niní, eu não sei. Você mesmo disse que o exame deu negativo.

— Aí é que está o ponto cego da questão.

— Ponto cego? Rafa estranha, – Nívia debocha e continua.

— O senhor Sérge pode ter adulterado o material do exame. Rafa escuta, degustando avidamente, o que restou da maçã.

— Sim, claro que você deverá assinar um documento, declarando aceitar o resultado desse exame e descartando a possibilidade da volta dele a lhe procurar para uma possível adoção futura. Rafaela olha fixamente o vazio e diz:

— Ele mentiu... como? — diz, ainda mastigando.

— Não, Rafa. Ele pode ter fraudado aquelas amostras entregues a você; não seriam dele e sim de outra pessoa.

— Não entendo por que ele faria isso — Rafa refuta — mas, de qualquer forma, esse assunto está encerrado — e continua:

— Quero iniciar a transição o quanto antes; é tudo o que importa agora. Você tem algo contra? — *"Ela sabe que o SUS pode me atender"* — imagina-se astuta; ingenuamente.

— Niní, essa que vos fala e vos ama, se informou sobre as novas diretrizes do SUS (lendo seus pensamentos) - a abraça e diz: Você não poderá ser assistida pelo Estado enquanto estiver fugindo ou usando identidade falsa. Não farei só isso, mas 'o que você quiser'. Se afasta, rindo, para na porta e se volta dizendo:

— Daqui a um 45 dias você completará 15 anos de bela existência. "Bela e estúpida existência" — Rafa pensa — e Nívia continua —Chamaremos o pessoal da ONG, iremos para o litoral e faremos aquela festa!" Niní decide.

Noite de 20 maio de 2013, Mércia Oserov, com 35 anos, continua sendo a terrível e temida mãe. Não está em paz, nunca esteve. Fuma na varanda da casa do marido e avalia a comemoração da 17ª Festa de São Rafael Arcanjo, que no ano passado não fora a mesma — desde há 3 anos não tem sido mais. Com o dobro da idade da filha, e após todos esses anos, celebrará mais um aniversário com bolo, velas e lágrimas. Há quem diga ser um teatro de sombras, marionetes, encenação, lágrimas de crocodilo. Ódio e não saudades. Mas, há mães e Mércias. Mea Culpa? Jamais. E não permitirá que seu dinheiro a subestime mais. É seu prazer tê-lo e o usará. O seu poder coercivo e criminal.

— Nada nem ninguém me obrigará a viver assim, humilhada. Quero Rafaela de volta e já sei como resolver isso. De uma vez por todas. "Money, soldi, djindiah! " — diz ao marido e abre um sorriso sinistro.

Nívia atende o celular e fica estupefata ao ouvir aquela voz.

— Querida Nívia Nizzi, há quanto tempo! Mércia Oserov, sua criada, à disposição!

— Olá! Mércia, como vai? — responde nervosa.

— Vou ser direta e não tomarei seu hidratado tempo. O seu preço para fazer a transição da Rafaela custaria em torno de cem mil reais, certo? Sei que você tem algum contato com ela — não minta para mim, pois vou lhe fazer uma proposta que, inclusive, não a incluirá.

— Nesse caso, estou ouvindo, prossiga.

— Quero que você atraia o Sr. Mistério — *Sérgio* — que anda às voltas com ela. Descubra seu nome completo, o que mais puder e me avise. Quero saber quais as intenções dele, comigo e com minha filha. Ele me tira o sono e não gosto de me estressar com esses pobres desocupados. "Já devia ter te matado, sua cadela chique sem pedigree, mas ia me complicar toda" — pensa soltando fumaça no ar.

— Como eu faria isso? Nívia está mais calma.

— Quando tiver contato com a minha filha, diga que alguém a está seguindo, que irá contratar um detetive para protegê-la, proponha um trabalho; diga que a Rafa precisa de um motorista. Em contato com ele, me avise e me entregue! Seja criativa! Eu estou pagando.

— Quanto, em espécie, você está disposta a investir no Sérge? Nívia mede a febre.

— Posso pagar o dobro do valor da transição: duzentos mil fica bom para você?

— Mércia Oserov, minha querida, não preciso do seu dinheiro, mas minha ONG, sim. E essa vida vai lhe custar meio milhão. Em até 90 dias, no máximo, ele estará a seus pés, e esse valor é inegociável.

— Imagino que você saiba o que significa essa quantia absurda de dinheiro, e o que uma filha significa para uma mãe. Mas, vou te pagar. Assim, conseguirei reaver minha filha antes da próxima festa de São Rafael Arcanjo. Mércia desliga, e traduzirá a 'ONG' como "Rafaela." Ela sabe que esse *palhaço* tem ligação com o seu destino e o de sua filha. Se pudesse reconhecer Rafaela atualmente, já a teria sequestrado e sabe que esse estranho continuaria a lhe incomodar. "E Nívia será o link, a ligação, a ponte, o elo, que o diabo a carregue" — pensa, cheia de fúria.

No entanto, Nívia não pretende abandonar Rafaela. "Meio milhão cheira a perigo e é fácil imaginar do que Mércia é capaz". Caso não *reconquiste* a filha e com o Sérge nas mãos, poderá torturá-lo, e caso ele confesse o caso das duas, correrá perigo. "Nesse ninho de cobras, é melhor dar o bote do que ser picada".

Sérge, nos últimos anos, tem seguido sua vida em segredo de Estado, se esgueirando leve como um ninja pelas sombras de Maysa, que nunca seria encontrada com seu novo visual. O endereço, os documentos, o físico, refletem a fragilidade da sua situação. Ela é inteligente e seus encontros com a amante são muito bem elaborados, apesar de Nivia ter uma vida mais exposta ao público que privada. Ele não vê sentido no que está acontecendo e sente-se impotente. "Decidiu assumir-se transgênero; por quê? A voz está diferente, mais grave, sua ossatura, seu porte e massa muscular estão aumentando lenta e masculinamente." Ele entende a transição em progresso. Maysa estaria sendo manipulada, teria sido aliciada pela Dra. Nívia Nizzi ou já formavam um casal? Ele sabia da fraude dos exames. Ela estava certa ao dizer que ele não poderia ajudá-la pedindo a guarda definitiva; e ele, Sérge seria executado por Mércia e seus agentes. Só há em sua mente um único meio para dar fim a esse sofrimento: aproximar-se novamente das duas. Decide se comunicar com Nívia.

Sincronicidade, acaso, telepatia, o destino com seus mistérios ou o que fosse, os uniu de novo. O contato entre Sérge e Nívia fora feito, antes do prometido. Deslumbrada, com os poderes que não possui, entra em contato com Mércia:

— Mande a mala com o dinheiro para o endereço que vou lhe

passar e meu motorista irá buscar. Em breve, o estranho homem estará em suas mãos. Por favor, sem surpresas desagradáveis — exige e desliga.

Finalmente, em dois dias, o encontro acontecerá, mas não como Sérge imaginava. Atende o celular e ouve uma voz masculina, que se identifica como o segurança de 'Nívia Nizzi', que lhe diz—A doutora me pediu para levar o senhor a um encontro privado em sua casa de praia. Ela estará disponível hoje, após às 16h. Posso lhe buscar em algum local específico?" — Ele concorda. Irá viajar num impressionante carro de luxo, blindado, que o levará para o litoral norte. Sérge, longe da realidade, está relaxado, entende de carros e divaga—veículo de celebridades".

A viagem durará quase três horas e ele, por um momento, imaginou-se sendo sequestrado. É fim de semana e ele jamais havia colocado os pés num local tão "cinematográfico".

Maysa não estará presente — obviamente — e eles têm a noite inteira pela frente. Nívia se mostra agradável a princípio.

— Há quanto tempo, como tem passado, que bom que nos encontramos de novo. Como vai a trupe e a Luana da Lua? — dissimula seu objetivo nefasto. Depois de alguma conversa, tentará convencê-lo de que o melhor agora, de imediato, é o afastamento definitivo e civilizado entre os três; e vai direto ao ponto.

— Maysa não é mais aquela menina que você conheceu. "Sei disso", ele pensa e ela continua:

—É outra pessoa, e o requerido exame laboratorial de DNA, que poderia evidenciar algum elo entre vocês, deu negativo — ele não se surpreende — e ela ficou conformada depois do resultado.

— Aliás, só o fizemos por conta de uma cartinha estranha que você deixou com ela, levantando suspeitas de... parentesco. Você tem ideia do que fez, Sr. Sérge? Ele tem, mas não a confrontará.

Enfim, ela propõe duas situações a serem consideradas, — sem que ele saiba — propostas por Mércia Oserov.

— Que tal esquecer tudo, tudo o que aconteceu até agora? — sugere, balançando uma taça de vinho na mão e, para que ele não tenha como denunciá-la ou lembrar-se de algo, proporá uma sessão de hipnose profunda.

— Acho que é a melhor solução; dinheiro e uma nova *life!* — *Exclama*, como se estivesse realizando um grande feito. Depois de toda a argumentação acintosa, ele, acuado, terminará por concordar. Uma nova vida, com dinheiro, sem problemas e sem memórias traumáticas. Não lhe parece tão ruim. E os dois sabem que uma sessão de hipnose funciona melhor com consentimento.

— Te aconselho isso, porque você será bem remunerado e recomeçará sua vida. E, 'eu, Dra. Nívia Nizzi', posso lhe pagar muito bem — garanto. Ela é persuasiva, mas ele crê no futuro. Ela fará cortesia com chapéu alheio, mas ele a escuta e não tem noção ou suspeita o quanto seria o "lhe pagar muito bem." Com certeza, sua parte não a será meio milhão.

Entre comes e bebes, falsas delicadezas e já com o acordo selado, ela prosseguirá embriagando-o para lhe confessar o inconfessável.

— Sérge, eu e Maysa não estamos... somos apaixonadas, uma pela outra, as duas, somos um casal. Sim, a transição está em andamento e ela será outra pessoa, irreconhecível, em breve. Mas não vai se tornar um homem em si; nada de mastectomia. Amo aqueles pequenos e delicados seios — talvez uns pelinhos a mais aqui e ali... — a voz some e volta. "Monstruosidade" — ele pensa e gostaria de reagir; em vão. "Esse mastodonte, de terno e gravata, óculos escuros, com as duas mãos entrelaçadas elegantemente na frente da cintura, disfarçando uma arma, a usaria para me matar e jogar meu corpo no mar". O litoral tem suas vantagens e desvantagens" — pensa resignado, enquanto Nívia continua com sua sessão de humilhações.

— Pena não poder te chamar de sogro. Mas provarei que não sou uma megera qualquer como você imagina e farei uma excelente proposta, dividida em quatro partes distintas. Portanto, preste muita atenção.

— Primeiro: amanhã, sábado, receberemos um amigo que mora aqui nesse condomínio, "o hipnoterapeuta" que vai te proporcionar a sessão de hipnose profunda e terapêutica; que você quer — certo?

— Ele fará você esquecer tudo o que se relaciona com essa sua obsessiva paternidade, parentesco, tesão ou o que seja, pela Maysa. Inclusive com um bônus, em forma de mala de dinheiro, que fará você esquecer que já foi pobre algum dia — diz e gargalha, cínica. "Maysa não reconheceria essa mulher." — Se decepciona.

— Segundo: ainda não sei quanto tempo o efeito disso irá durar. Ele é quem irá nos dizer. Você assinará um termo de responsabilidade pelos efeitos ou danos colaterais; e estaremos livres de processos.

— Terceiro: como você não terá mais lembranças afetivas ou memórias com sua suposta filha, e ela mesma não tem mais interesse em lhe procurar, darei uma mala com muito dinheiro e uma arma. Você acordará numa cidade do interior, de lá em diante é com você. Ficará longe das nossas vidas e viverá em paz — para sempre.

— Quarto: em razão de dificuldades em relação ao trâmite legal desses documentos, gravaremos um vídeo no qual você confessa que concordou com todos os termos acordados.

E caso decida voltar a nos perturbar, "faça bom uso" da sua arma ou faremos bom uso das nossas. Diz, de forma clara e ameaçadora.

É tudo o que ele precisa no momento. Uma oportunidade única, a ser aproveitada como uma larga e sinistra tábua de salvação. Mas não consegue mensurar, dimensionar o quanto isso poderia afetar sua relação com Maysa. No mais profundo do seu coração de palhaço, ele sabe que é sua filha, apesar da sua sexualidade exacerbada e descontrolada e agora, desconstruída. É assim que ele a vê e não acha que isso esteja certo. "Não me veria como pai e nem me seduziria. Ao se frustrar, escolheu a transição?" — raciocina angustiado.

— Mas e se... tenta argumentar.

— É pegar ou largar! Nívia se adianta.

"Ou morrer" — ele imagina.

No dia seguinte, a sessão de hipnose transcorre tranquila, afinal não só ele assim desejava como colaborou. Aquela voz entrou profunda em sua mente, fazendo uma limpeza em todas as lacunas inacessíveis e vales de memórias cheias de sombras por onde ele houvera passado. Depois de uma hora aproximadamente, acordará sintonizado em outra estação. Irá se sentir um pouco pesado de alguma forma, sente essa diferença na gravidade quando o terapeuta lhe pede que ele sente à sua frente. Inicia-se um questionário rápido, assistido apenas pela Dra. Nívia Nizzi, ansiosa em não ser mais reconhecida.

— Qual seu nome? — Não sei, não me lembro.

— Endereço atual: — Morava numa oficina mecânica.

— Qual sua idade? — Não sei, não me lembro.

— Conhece um lugar chamado Lindau? — Não.

— Conhece uma mulher de nome Mércia? — Não.

— Já ouviu os nomes: Maysa ou Rafaela? —Não.

— O Senhor conhece essa senhora ao meu lado? — Não.

— O senhor faz o quê além de mecânica? — Malabares.

— O senhor está se sentindo bem? — Com sede.

— Qual seu nome verdadeiro? — Não me lembro.

— O senhor terá um pouco de confusão mental por uns meses, mas como realizamos um fracionamento, o senhor está com amnésia hipnótica, mas ficará tudo bem. O terapeuta pede que ele se levante e vá até a cozinha. Ele beberá um copo de água preparado pelo mesmo. Sérge não sabe, mas está usando roupas e sapatos novos, um relógio de boa marca. Alheio a tudo, agradece as gentilezas. Eles voltarão à sala, Nívia, agora dona do seu destino, se despede do amigo e lhe diz:

— Caro senhor, dentro dessa mala está o seu pagamento pela experiência gratificante que nos proporcionou. Espero que faça uma excelente viagem rumo à sua nova vida e aproveite essa sua bela e nova versão, remunerada — e lhe sorri com desdém.

— Obrigado — ele agradece, confuso. Deixará passivamente o local seguido pelo robótico e aparelhado motorista.

Em outra sintonia ou realidade simulada, de alguma forma, sente uma leveza e uma tranquilidade que só os benzodiazepínicos podem dar a certas pessoas. Começa a sentir um peso que cresce a cada segundo, e é possuído por um incontrolável sono. A trindade: dinheiro, segredos e mentiras acabaram de cruzar o seu caminho.

Ele apaga, súbito, como se um interruptor apagasse a luz de um ambiente qualquer. O motorista rude reclinará gentilmente o banco do passageiro. Ele não tem conhecimento da rota, mas o seu destino incluirá um voo particular de São Paulo a Palmas. Outro motorista o levará até Lindau, tornando-o hóspede vitalício na Pousada da Lua.

Lindau – 6h;20 min depois.

— Encomenda para Mércia Oserov — diz o motorista de Nívia que será seguido até o carro. Um dos Rafa's ajudará a levar o homem — que parece desmaiado — até um quarto no piso superior e o deitam na cama. O motorista voltará com a mala e a colocará no armário.

— Roupas dele — diz e descem para o check-in.

— Em nome de quem devo efetuar a reserva? O motorista entrega um cartão de Nívia Nizzi e diz:

— Creio que ele tenha vindo fazer um tratamento gratuito na clínica de vocês — diz, como se nada fosse mais assustador.

O Rafa de plantão ligará para Mércia, em São Paulo.

OK... certo... sim... tudo bem... pois não... obrigado.

A senhora volta quando?

Não, ninguém o incomodará.

Obrigado... fique bem.

Capítulo 11

O Peso

Um dia depois. Rafa irá ao litoral se encontrar com sua Niní, no mesmo endereço. Feriado prolongado, muita diversão e algazarra com DJ e convidados iluminados a laser na beira da piscina. Cascata de taças de champanhe borbulhante entre garçons e bêbados afetados. Ingenuamente, Rafa dividiria a pista com um hipnotizador sinistro e badalado, sem sequer imaginar ser o centro de uma conspiração leviana e pesada. Ainda assim, os dias que se seguiram foram regados a muitos prazeres e às mais pérfidas declarações de amor por parte da amante: 'Verdade é que te amo mais que a verdade' — Nívia, brega e dissimulada, mentia lindamente, como sempre.

O crime perfeito vem há muito assediando as mentes criminosas, mas onde há sangue, morte, dinheiro, sexo, segredos e mentiras há sempre uma evidência que não quer se esconder. E hoje, uma delas se revelaria, enterrando a confiança vendada e libidinosa que havia entre as duas. "A beleza não salva ninguém da solidão" — pensará Rafa, com aquele cartão amarelado nas mãos. O encontrou caído no piso do lavabo atrás do cesto de papel. Mas, por que é que foi parar ali? Ela senta no vaso e tenta, em vão, entender. Recapitula e vê nitidamente o momento em que entregou a Sérge naquele posto de gasolina. Era aquele o mesmo cartão de visita da Dra. Nívia com o número do seu celular anotado no verso, anos atrás; não havia dúvida. Ela o guardará, apertando com a mão sobre o peito, tentando conter uma dor aguda enquanto engole em seco, e uma lágrima desce. Tornará esse primeiro segredo capital, o que destruiu a ponte segura que havia entre as duas; o primogênito de muitos segredos que se seguirão. Está nervosa e os hormônios exacerbando . Tem medo do que possa dizer ou fazer.

Nívia já havia demonstrado posicionamento contrário à sua viagem, execução do protesto e ao monólogo em Lindau. Rafa já estava ciente de suas traições com outras meninas há mais de dois anos. A promiscuidade era recíproca. Vez ou outra, Rafa também fora displicente com a relação. Sentimentos de amor, não verdadeiros, terminam por se revelar nessa espécie de moeda de troca — status versus prazer versus poder. Sentia-se como a criança prodígio, parte de uma dupla de heróis de quadrinhos adultos: Nívia a protagonista, e ela, a coadjuvante. "Sinto muito, Niní" — pensa sobre tudo.

Nos últimos três anos, teve o que qualquer garota da sua idade desejaria: conexões privilegiadas na *high society* — independente de idade ou orientação — festas, viagens, extravagâncias, hotéis, piscinas, luares artificiais, drinks e drogas em bandejas e pratos inesquecíveis. Nunca soube o que era andar mal vestida, seu closet, invejável, tornara—se uma extensão de marcas cobiçadas, estilistas insanos e suas grifes míticas. Além de perfumes, joias, prazeres e abusos praticados além de abusos que extrapolavam o hedonismo. Performance. Sua atuação, olhos, fala, postura, cabelo e libido, altamente alterada, faria dela um animal sexual. Apesar de todo esse arsenal à sua disposição, ela não havia, ainda, provado sequer uma gota do néctar da sua própria essência. Desde seu nascimento, nenhum espelho revelou sua essência; era a bela adormecida sonhando os sonhos de Nívia e Mércia.

Não eram esses seus domínios.

Se lembraria e entenderia a desprendida "Trupe Nawê". Lembra de Sérge, seu sorriso e sua alegria contagiosa. Entende que sua realidade seria outra não houvesse tanta interferência. Poderia estar na faculdade, namorando, noiva, casada ou já se preparando para ser mãe. Uma mãe diferente. Pediria uma licença reencarnatória, para outra vida onde Mércia e Nívia fossem descartadas. A questão angustiante agora é: em qual dimensão vive, nesse momento, a verdadeira Rafaela Oserov?

Nos próximos dias, irá se desvencilhar; deixará o ninho da serpente. Cansou de viver essa simulação. Agora, lúcida e quase filosófica, crê que o mundo dos abastados é uma simulação. "Eles se veem como deuses, temendo apenas a morte, pois não podem suborná-la."

Temia pela vida de Sérge, fosse lá quem ele fosse. "Querida Niní, tudo acaba mal quando começa mal" — pensa enquanto arruma suas malas para deixar aquele endereço com um mínimo de dignidade. Algo diz que ela precisará de uma confidente; ou algo mais que isso.

"— Margot tudo bem? Sei que faz um tempinho que a gente não se fala, mas gostaria que você me ajudasse numa coisinha simples. Lembra que te falei que o Sérge havia desaparecido? Então, esses dias, encontrei vestígios dele na casa de praia da Nívia. Já tentei entender, mas não consegui. A deixarei em breve, entretanto, não quero me desentender com ela agora, no meio da transição, ela é muito influente no meio. Suspeito que algo de ruim possa ter acontecido com o Sérge. Como não posso ficar me expondo muito a esse assunto, vou te pedir para fazer uma pesquisa sobre o mito Seraphião por aí pela região. Estou anexando a última foto que fizemos juntos. Bjo e me dá um feedback. Te amo. Se cuide. Maysa." PS. O nome dele completo é 'Sérge Martin Hoff'.

Margot, como sempre, responderá um dia depois.

"Oi, minha linda amiga. Você será sempre minha linda amiga, além de qualquer procedimento. Vou tirar um tempinho para isso sim. O padre Simão te manda um beijo e a cidade tem ficado cada dia mais bonita e moderna, apesar de sombria. Ah, sim, andam pesquisando sobre o Seraphião por aqui também. É uma lenda rural e não se parece em nada com esse da foto. Não sei. Ele poderia ter deixado alguma carta escrita, mas não saberia onde encontrar. Quanto à sua mãe, deve ter desencanado, ele era albino; você viu a foto. Eu ainda acho que seu pai é o "Dr. Duval" kkk. Desculpa. Sua mãe ops, ex-mãe? Tá a cada dia mais

doidona. Acho que anda tomando remédios descontrolados. Aquele seu esconderijo continua por lá. Se um dia vc voltar, a gente vai curtir de novo. Bjo e te amo demais! Da sua gatinha arranhona, Margot". PS. *Parabéns por todos os aniversários atrasados, mas eu tava com medo de te mandar algo e te prejudicar.* Após essa resposta, não haveria mais outra tão cedo.

Será uma semana agitada na ONG e no coletivo LGBT Libertas. Rafaela faz suas últimas considerações enquanto Síria Lamine e o grupo ouvem atentamente—Declamarei esse monólogo no púlpito da igreja da cidade de onde eu vim. Lindau – onde minha ex-mãe ainda toca o terror. Um lugar onde a injustiça é a sua sombra e deve ser iluminada pela presença de Seraphião, para mostrar a todos o monstro que ela esconde ". Sua voz está grave e embargada e seu semblante é de quem quer se libertar de uma vez por todas.

Rafaela está atualmente com 18 anos, a idade do seu pai em 1994 e sua mãe, com o dobro da sua idade, tem uma dívida imoral com ela e com a sociedade Lindauense. Desconhece o que sente nesse momento de transição; e sua fronteira interna avança descontrolada. Deixou de ser uma garotinha, e não vai retroceder no tempo e derramar lágrimas em vão. Quer apenas descobrir o porquê de tanta maldade. "Ela não tinha esse direito" — pensou, com ódio no coração.

O coletivo LGBT Libertas irá até Lindau com a função de protestar pelo acontecimento arbitrário e que levaria Rafa à transição criminosa. Protestos esses que terão como principal função aglomerar pessoas em pontos distintos e depois atraí-las até a igreja. O padre Simão será avisado e Seraphião surgirá para uma última revelação. Naqueles anos, esse ser misterioso, ainda garoto, planejava libertar Lindau, aos 18 anos, interrompendo seus voos lunares. Pois um crime ocorrera. Agora há uma geração a ser combatida em uma só pessoa. Por qual motivo, Seraphião teria andado disfarçado de homem da lua? Crime. Por que esse garoto atrevido não saia do personagem? Crime: Por que um falso boto branco conquistador escalaria os telhados? Crime. Sua pele será camuflada outra vez? Perguntas vêm e vão em vão dentro da sua mente, como micro tufões. Rafa desmaia e a socorrem.

Ela dormirá na cama de Síria Lamine.

"É primordial que Sérge esteja presente. É primordial encontrá-lo. Estará vivo? O monólogo fora escrito por ele, e nada mais justo que sua presença — vendo o trabalho tão dedicado da sua filha" — pensa, focada nos objetivos.

Rafaela é pura fúria, amor e a reencarnação perfeita de Seraphião. Olha a seu lado; Síria Lamine dorme.

Os posts anunciarão o evento para uma novena antes da festa de São Rafael Arcanjo no dia 20 de setembro de 2013, em alinhamento com a lua cheia. Chegará alguns dias antes para encontrar Margot e o padre Simão, como previsto no cronograma. Durante a madrugada, marcará os pontos cardeais de Lindau, muda e amordaçada.

Na TV, a queridíssima dos famosos, Nívia Nizzi, a top especialista em procedimentos estéticos do país, dá uma entrevista coletiva. Irá a uma convenção em Paris, em 20 de setembro, e após essa data irá se retirar dos compromissos para tratar especificamente da saúde e da transição da sua companheira Maysa de Carvalho. A "ex-moça" de 18 anos está na plateia, absoluta e androginamente linda. Apresenta delicadas formas masculinas que foram minuciosa e esteticamente planejadas; para não lembrar que um dia fora do sexo feminino; ou Rafaela Oserov. Mas há algo em seu olhar que denota rancor, estranhamento a tudo ao redor, como uma experiência falha, um androide de IA que não trará bons frutos ao seu criador. Ela está sendo observada de todos os ângulos pela plateia. O microfone passará de mão em mão até chegar ao seu alcance. Já cara a cara com Nívia, já em pé e sob os holofotes, ela dirá—Cada um tem o Dr. Victor Frankestein que merece. Obrigada, meu bem". Se retirará, lentamente, em direção à saída, seguida pelas lentes das câmeras. O público fica chocado e boquiaberto. Se entreolham, levando a mão à boca e outras as cruzam ao peito. Não acreditam, mas o que foi dito terminara de ser ouvido. Niní ou Nívia Nizzi sairá dali constrangida direto para o ostracismo, para longe dos espelhos iluminados e dos camarins badalados e cobiçados. Intervalo para os comerciais.

Rafa agora tem o aspecto de um ginasta olímpico. Suas espáduas lembram as de Sérge. Seus cabelos estão escuros como os de Sérge. Suas mandíbulas e traços labiais lembram Sérge. Ela praticamente se tornara um clone de alguém que poderia ser seu pai. Ainda tem seios pequenos e disfarçados por uma faixa Binder, que não serão mais tocados por Nívia Nizzi, que o colocará para fora da sua vida luxuosa e vazia. Além disso, Rafa já é um "homenzinho" e sabe se cuidar. Não há mais necessidade de testes de paternidade. Ela não corre mais risco de assediar seu pai; irá interpretá-lo. Faz uma ligação para Margot, preocupada com a falta de retorno. O celular está fora de área e os e-mails são inúteis. "Terá Margot

Rivas se assustado com minha nova aparência?" — pensa e sorri. Maysa de Carvalho agora é parte do passado de Rafaela, que lutará para mudar seu nome feminino nos documentos e irá usar o sobrenome do pai. "Rafa Hoff! já pegou." — pensa, rindo. Muito disso tudo irá mudar. Mas uma delas permanecerá: sua essência de menina do interior. Talvez novos amores, como Síria, a doce surpresa, ou mesmo Margot, por quem sempre fora apaixonada. Ainda ali, na sede da ONG, termina por lembrar do padre Simão, seu amigo, para quem ligará logo ao amanhecer.

Capítulo 12

O Grito

Brisa do Carmo telefona para a Pousada da Lua. "Sim, Srta. Brisa, dou o recado, ele acabou de subir para o quarto, acho que com o padre Simão. Pedirei que lhe retorne". Ela precisa encontrá-lo, sua descoberta é estarrecedora. Além disso, uma garota de nome Margot Rivas está há dias presa no laboratório e ela não tem poderes para libertá-la. "Mércia Oserov é uma criatura insensível e inescrupulosa e irá fazer mal a ambos ou a mais pessoas" — Teme. Rafaela está no café do aeroporto, prestes a embarcar num voo direto até Palmas. Terá que esperar algumas horas com o tempo anestesiado pelo clima.

" Há décadas em que nada acontece e há semanas em que décadas acontecem" — lembrou de Sérge, citando Lênin no Bixiga.

Ao seu lado, de repente, alguém exclama: Nossa! Ela olha para a TV e há uma foto da Nívia na tela.

E ouve—*Não temos muitas informações até o momento, mas a renomada endocrinologista e cirurgiã plástica, querida dos artistas, Nívia Nizzi, acaba de ser encontrada morta em seu apartamento na região de Cerqueira César, aqui em São Paulo, onde residia desde a adolescência. O laudo pericial irá informar o que houve, uma vez que um detetive que teve acesso ao local informou haver hipótese de envenenamento. Ou suicídio? Fiquem ligados. Mais notícias no próximo intervalo."*

Rafaela Oserov, de momento, não demonstra ou esboça qualquer reação. Mas, ao lembrar-se da cena do crime, local em que esteve tantas vezes, não consegue se conter. "Adeus, Niní" — limpa uma lágrima. "Não vou dizer que você merecesse morrer. É provável que agora venham atrás de mim e esse não é o melhor momento. Espero que me deixem ao menos embarcar", coloca óculos escuros e um turbante árabe que ganhou de Síria.

O repórter voltará com más notícias:

"As câmeras de segurança mostram a entrada e saída de amigas e pacientes. O apartamento também era usado para conversas com blogueiras. Numa dessas conversas, há uma semana, ela teria comentado com o Blog "Topo!", que—Houve uma discussão violenta com sua companheira Maysa de Carvalho, uma jovem de 18 anos, acompanhada

por ela. Desde então, a Dra. Nívia Nizzi, estaria recebendo ligações anônimas e ameaçadoras. A polícia tentará localizar a moça para maiores esclarecimentos e checar no celular a origem das ligações. Agora a foto de Maysa. A polícia pede que, se alguém a reconhecer, informe no número aqui na tela. Obrigado e voltaremos em breve para mais informações". Rafa se levanta e caminha discretamente e sem chamar atenção. "Merda de vida" — pensa, mas conseguirá embarcar minutos depois, sem maiores problemas.

Ao desembarcar em Palmas, liga novamente para Margot, pois não quer arriscar ser reconhecida e não poderá se hospedar na Pousada da Lua, sua velha conhecida. Margot não atende, seu celular está sem sinal. Ela decide pegar um táxi direto para Lindau, resolverá a situação da estadia como há anos e irá reencontrar o padre Simão. Em menos de uma hora, chega à avenida principal de Lindau e se impressiona com a ousadia de Mércia. A avenida em forma de círculo é admirável e o taxista é o primeiro a comentar:

—Essa cidade tá ficando bonita e dá o que falar por todo o estado. Pena que nem sempre as notícias daqui sejam as mais agradáveis.'

— É mesmo? O senhor pode me dizer do que se trata?

— Tem uma mulher aqui, novinha ainda, mas quem mexe com ela se dá mal. Herdeira de um povo mafioso russo, Deus me livre! — termina e faz o sinal da cruz. Rafa desce em frente ao posto de gasolina, paga a corrida, agradece ao homem. Coloca a mochila nas costas e olha ao redor. Inspira e expira devagar, sentindo a densa atmosfera opressora. Precisa se recompor.

Por um momento, parece ouvir ao longe um coro infantil cantando—*Rafa, Rafa, Rafaela, é menino ou é menina? Ela sabe é o Rafa ela".* Agora parece fazer sentido, mas ela não se importa mais. As emoções eram estranhas para ela. Não teve muitas chances de entendê-las até agora. .

"Andar pelas ruas com esse novo visual tem duas vantagens, estar irreconhecível e poder fazer uma varredura" — pensa, investigativa. A cidade é outra e infelizmente elas crescem. Essa foi adubada com veneno e prosperou — até hoje. Apesar de todo o veneno, precisa se alimentar. Há uma conveniência nesse posto de gasolina onde, numa distante madrugada, seu pai, o jovem Seraphião olhou-se no espelho e viu outra pessoa. Rafa não sabe disso. Entra e observa. Há câmeras por todos os lados. O futuro é abelhudo e quer te ver. Vai até o freezer cheio de bebidas e suas marcas famosas e gasosas. Pega alguns pacotes coloridos de salgados desidratados com letras e cores flexográficas brilhantes e sedutoras. "O delicioso veneno da cozinha moderna; ando chatinha com tudo". Senta-se, incógnita.

"Mércia Oserov" — cadê você?" — pensa, desafiadora.

É fatal que nesse momento a lembrança dela traga péssimos sentimentos. Todos os olhares, digitais ou não, espalhados aqui e acolá, estão lhe procurando há tempos. Precisa ser cautelosa.

Decide "medir a febre" de quem a rodeia. Se aproxima do balcão.

— Excelente conveniência e excelentes salgadinhos.

O atendente olha, disfarça o deslize e responde:

— Visitando ou veio para tratamento?

— Ah, me perdoe a indiscrição. Que tal a clínica da cidade?

— 'Desejos?' Queria ter dinheiro. O povo entra feio e sai bonito.

— Eu preciso falar com a dona da clínica amanhã cedo. Você sabe me dizer se ela ainda é dona da Pousada da Lua?

— Oh, sim, a Mércia... vai mais uma cerveja?

— Claro — entende a sugestão.

— Olha, moço, as pessoas vêm até aqui e parecem detetives, sabe? Há uma curiosidade muito grande sobre ela, e depois que a filha desapareceu, as coisas pioraram... pra pior!

— Certo, e a encontraram?

— Não, não mesmo, abriu o chão e se sumiu pra nunca mais. Também, ela judiava da menina de um jeito que ninguém gostava.

— Você sabe se ela está na cidade?

— Só se o moço tivesse agendado com ela. Agendou?

— Não. Não agendei. Nem a conheço. Só a fama daqui.

— Posso ligar lá para o senhor... "Rafael" — ele diz, sem medo. Após ligar, confirma a ausência de Mércia.

Ele agradece e se vai.

Passará em frente à pousada, que continua imponente, com algumas poucas diferenças, que só quem acompanhou sua evolução de perto poderia notar. Trouxe uma mochila com poucas peças de roupa. O restante virá com Síria Lamine e o Libertas em 2 dias. Seu porte físico não é o mesmo de uma garotinha, então é preciso cautela nessas horas. Há uma maneira de chegar ao telhado: uma das árvores centenárias, localizada nos fundos do casarão, próxima à saída de lixo. Isso facilita o acesso. Há horários específicos em que passa um caminhão de coleta, e é a parte mais evitada, pois ninguém gosta do cheiro. Ainda é leve e ágil como um gato. Escalará e escalará. Entra por onde sempre entrou quando precisou de privacidade. Enfim, no ninho. Lembra-se da última vez que esteve ali e sente falta de Margot. Está no seu elemento e, como antigamente, poderá ouvir tudo que se passa na cozinha. Precisa se arrumar por aqui. Há teias de aranha e poeira por toda parte, sendo preciso ter mais cuidado com a madeira do forro, que envelheceu.

A lua cheia que a olha lá de cima não é a mesma de São Paulo ou de São Jorge. Essa é a lua de Lindau, a lua de Seraphião. Ilumina tudo o que ela precisa ver. Tem facilidade com o escuro; "uma vez dentro, se aprende a enxergar", lembra dos castigos. Nunca vira ou ouvira um rato sequer por aqui. Não que tenha medo, mas não entende o porquê. Precisa dormir um pouco e se esgueira de volta para o telhado. Sente-se como o Corcunda de Notre-Dame. Estende seu novo corpo sob esse céu de promessas e desfruta um breve descanso.

Voltará para dentro de onde saiu, como antes. Se movimentará um pouco pelas estruturas e percebe que foram feitas algumas mudanças na ala embaixo da qual fica seu velho amigo, o esconderijo. Há um quarto ali. Há alguém se movimentando e uma luz se acende. Fica distante algo em torno de dois a três metros entre seu piso e o forro de onde vem a luz. Mal dá para se ouvir os barulhos, mas alguém desce as escadas após apagar a luz do quarto. Rafa subirá ao telhado para ver até onde pode observar a cidade. Eis que, de repente, se lembra de que abaixo do seu esconderijo havia outro quarto. O quarto em que sua mãe a colocava de castigo era certo que estaria acima desse de onde alguém sairia agora. Não pensará duas vezes antes de o explorar. Esse espaço com certeza estará vazio. Precisará entrar com cautela. Todos estão dormindo e essa cidade parece ter toque de recolher. O silêncio parece mecânico; uma vez ou outra, um cão late; um latido oprimido. Regras de Mércia? Então é isso. Já com a lanterna do celular acesa, se põe a iluminar as lembranças do passado. Algumas teias de aranha, poeira e abandono. A janela mais alta continua ali e dá visão para a rua que leva até a igreja. É fácil notar que alguém está indo naquela direção, alguém do sexo masculino, banhado pela claridade. Essa pessoa para e olha ao redor. Padre Simão dorme, com certeza, no outro barracão onde era antes a casa dos tratores, a baia e a tuia. Agora é só esperar. A lua cheia e generosa não pertence só aos amantes, poeta ou loucos. Assassinos e lobisomens também usufruem da cumplicidade desse satélite assustado.

Ela parece reconhecer aquele jeito de andar. Decide sair para ter uma visão mais clara. Deixa a luz do celular acesa na janela e desliza novamente pelo telhado. Suas habilidades não mudaram. E quem será esse estranho que agora se atreve e começa a escalar as paredes da igreja como um gato? Sobe, como ela, quase fazendo juntos uma coreografia fora de sincronia. Então, Rafaela o reconhece, tem certeza: é o Sérge!

Ela não encontra um meio de conter a emoção e, com um aperto no peito, uma angústia que só sentira no dia em que recebeu o pacote com o monólogo, pelos, saliva e o sangue, ela decide; escalará o mais alto que puder. Até o topo da última torre do casarão. Subirá como que por toda a vida de uma só vez; o mais alto que possa, para ser ouvida. Irá respirar e inspirar, olhar ao redor e, em seguida, emitirá com toda energia um grito, o mesmo daquela noite em que ele a deixou. Dessa vez, Sérge a escutará. E a cidade inteira acordará.

Exausta, retornará para o seu esconderijo. Haverá movimentação por algumas horas ao redor da Pousada da Lua, mas ela permanecerá incógnita. Algum tempo depois, ouvirá uma conversa na cozinha. E não terá mais dúvidas ao ouvir o recepcionista dizer—*Posso estar enganado ou talvez seja impressão minha, mas o senhor parece ter uma 'luazinha' tatuada na testa?"*

Rafaela sorrirá até às lágrimas.

Desaparecerá dali antes do amanhecer.

Dois dias após o ocorrido, o padre Simão termina de ouvir atentamente a confissão do "Sr. Mistério", o mais recente e estranho inquilino da Pousada da Lua. Ao sair pela porta do quarto, seu celular toca. É Brisa, a ateia, e o padre a atende brincando:

— Brisa, sua beleza e tentação só fortalecem minha fé. Diga, minha querida...

— Obrigado, padre. Precisamos conversar urgentemente, esse senhor desmemoriado, na sua frente, é parente dos Hoffman. Seu nome é Sérge Martin Hoff, e ele corre perigo. Pegue a mala dele e diga ao Rafa da recepção que ele não está passando bem e o senhor vai levá-lo à clínica — diz nervosa — traga-o até a minha casa que esclarecerei tudo.

O padre Simão está surpreso, mas concorda. Minutos depois, os dois a encontrarão, aflita, na frente da casa.

— A sorte continua do seu lado, agradeça aos deuses — diz, abraçando "Sérge Martin Hoff." O padre Simão se pergunta—Meu Deus, a quais deuses ela se refere?" — Vira as costas e os ignora.

— Pesquisei a seu respeito e descobri sua ligação com os Hoffman! Brisa diz eufórica — você não tem documentos, mas é esse o seu nome. Vou me aprofundar na sua genealogia, talvez haja grau de parentesco, talvez seja sobrinho do Klaus Hoffman.

Se lembra de alguém ou alguma fisionomia?

— Não, Brisa, não lembro, me desculpe — diz, contrariado.

Mais calmos, depois de um café cada, o padre Simão é informado sobre o caso de Margot e se revolta.

— Como assim, a Mércia prendeu a moça? Está indignado. Não entende como a família nada fez e decide ir até a delegacia tentar resolver o problema. O celular toca na bolsa de Brisa, que diz ao padre:

— Espere! É a Rafaela — diz e estende o celular para o padre, que dirá "Alô" e ouvirá uma voz estranha:

—*Margot, por Deus, estou preocupada, cadê você?'* — O padre diz:

—Não é a Rafaela, conheço a voz dela. É um truque da Mércia. Vou até a delegacia' — e devolve o aparelho. Brisa continua perplexa e confusa. Retornará à ligação. Do outro lado, a mesma pessoa e voz irá atender e se identificar dizendo:

—Aqui é *Rafaela Oserov*, e eu preciso falar com a Margot ou padre Simão.'

— Rafaela? Não nos conhecemos e não quero que você se ofenda, mas estou achando sua voz muito grave para uma moça de 18 anos. Ela tenta sorrir do outro lado e diz: hormônios! — e diz: esse número é da Margot, não te conheço, nem sua voz, por que confiaria em você?

— Sou médica, Margot está presa e Mércia, se for mesmo sua mãe, a acusa de cumplicidade no caso do seu desaparecimento.

— Onde posso te encontrar agora? — Rafaela, tem urgência.

— Eu estou em minha casa com um amigo, o Sérge...

— O Sérge?! — Meu Deus! Você pode enviar uma foto?

— Sim, claro — ela responde e providencia.

— Meu Deus! Pai! Brisa, moça, me deixe falar com ele!

— Um segundo — Sérge pega o celular e diz——Alô".

— Sérge? Tudo bem? É a Rafaela, você é meu pai!

— Desculpe, Rafaela, estou vendo sua foto, mas não consigo me lembrar de você.

— Como assim, não lembra? — ela começa a chorar do outro lado.

— Só me lembro de ter estado no litoral há poucos dias e quase mais nada.

— Ela te fez mal. Maldita mulher! — se revolta com Nívia. Escute bem o que vou te falar — ou melhor, passe para Brisa.

O padre Simão anda rápido e tenta concatenar ideias para surpreender Mércia — mas ela não está em Lindau — e liberar a pobre garota "das garras daquela harpia maldita" — pensa, possesso. Segue por entre a Praça Oserov enquanto é cumprimentado por uns e outros até chegar ofegante à porta da delegacia. O delegado não o autoriza a entrar. Ele gritará para chamar a atenção de todos:

—Eu sou o responsável, ou culpado, como queira, eu que libertei sua filha das suas loucuras e libertarei essa daí também! Se preciso for, busco a lei além daqui e você vai se dar mal, mulher perversa! Dizendo isso, cai ao chão levando a mão ao peito. Populares o socorrem. Acordará minutos depois em uma maca ao lado de Margot, que está sedada e fica claro que fora interrogada violentamente. Olha ao redor e pela primeira vez se vê no laboratório secreto de Mércia. "Meu Deus, mas o que é isso? Eu já disse a verdade, mas o que ela poderá ter dito? — Que a Rafaela fugira na carroceria de um caminhão... ou denunciara a Dra. Nívia?" — o padre Simão pensa, olhando para uma luz irritante acima da sua cabeça. Não é uma auréola.

Em São Paulo, a polícia trabalha identificando as chamadas no celular de Nívia e uma das mensagens era incriminadora, tanto para ela quanto para a envolvida. Na TV, um âncora dá as notícias:

"Entre algumas mensagens encontradas no celular da Dra. Nívia Nizzi uma delas diz — abre aspas—*Sua vadia, me diga o que vou fazer com um homem que não sabe de onde vem nem o próprio nome? Tenho todas as provas que preciso para te ferrar. Já ouviu falar do nome*

Margot? Pois é, o celular dela foi sua sentença. Você tem 24h para devolver meu dinheiro ou morre! Depois de tudo, você irá para a cadeia. Maldita."

— A polícia está tentando localizar a dona do chip.

O número não é daqui do estado de São Paulo, mas, provavelmente, esse celular já foi descartado pela criminosa. Voltaremos para mais informações.

Na casa de Brisa do Carmo, Sérge está tenso. Esse seu novo nome não lhe parece estranho, vai incluir Brisa como cúmplice nessa situação e talvez melhore essa sensação de vertigem que não quer passar. Não entende mais o que está acontecendo, mas Brisa sim. Após assistir à notícia, ela sabe que Mércia está envolvida nisso tudo. Margot e o padre Simão, ambos estão em perigo. Não estão ao alcance das garras de Mércia ainda, mas ela tem seus capangas. Sérge, está irritado e quer tomar providências.

— Brisa, sinto muito. Não ficarei mais à mercê dessa gente que eu não conheço. E já sei que posso contar com você. Acredite, eu não sei porque essa tal Rafaela fica gritando no meu ouvido que sou seu pai. E preciso esclarecer uma situação, muito séria. Brisa está parada em sua frente, assustada, e com as mãos postas diz:

— Me conte, me conte tudo, por favor. Ele se dirige à sala e volta até o quarto com a mala nas mãos e diz:

— O segredo dessa confusão é que acho que essa mala tem dono, e não sou eu. Coloca-a sobre o colchão à sua frente e pede:

—Abra! Ela pede a senha e ele a procura no bolso e está anotada num papel após a frase: "faça bom uso". Brisa diz:

— Parece que o que tem na mala é para você, do contrário não haveria esse recado. Brisa a abrirá com cuidado. A mala é de tamanho médio, tipo a ser despachada em voos. Ela vê é uma camada com roupas, e em seguida, no outro compartimento, muito dinheiro.

— Meu Deus, Sérge... o que é isso? Brisa se levanta e se afasta como se houvesse um bicho peçonhento à sua frente. Arregala os olhos enquanto leva as duas mãos à boca, a tapando, assustada. Ele senta—se ao lado dela e a tenta tranquilizar.

— Tenho essa arma — que você já conhece — esse bilhete, que não sei quem escreveu, e sei que nenhum crime vale tanto dinheiro. Por isso, não quero voltar para aquela pousada. Você pode ter dormido com um assassino... Brisa o abraça, ele se afasta e a olha e diz:

—Posso ter recebido isso como pagamento. Entende?

— Não! Não quero entender, não é justo — ela diz, trêmula.

Ficam abraçados por um tempo tentando achar uma solução. Brisa, resignada, retorna à chamada e Rafaela atende:

— Olá, Rafaela, é Brisa do Carmo. Tudo bem?'

— Olá, tudo bem, sim. Onde vocês estão?

— Na minha casa, em segurança.

— Não, nenhum de nós está em segurança. Já estou aqui há dois dias, vi o delegado levar o Sérge para depor após a noite passada.

— Ouvi o grito — Brisa diz — foi assustador. Fiz os exames obrigatórios, em Sérge.

— Não sei de onde vem esse dinheiro — Rafaela diz. Mas, suspeito que Mércia esteja envolvida. E Nívia deve ter-lhe dado alguma droga que está lhe afetando a memória. Só que agora é tarde e ela está morta.

Encontram-se no posto de gasolina. Rafa abraça Sérge. Brisa agora entenderá a semelhança entre os dois. Sem dúvida, é seu pai. Um abraço frio, sem muita reciprocidade ou euforia do lado de Sérge *Martin Hoff.*

— Tinha que ser nessa cidade para te reencontrar? — Rafaela diz. Ele não entende, sorri de volta e lágrimas rolam num rosto que mais parece um espelho, mostrando seu reflexo quando mais jovem.

— Muito prazer, somos parentes, com certeza. Mas... desculpe.

— Brisa, precisamos deixá-lo em segurança, a Mércia quer matá-lo. Tenho um endereço seguro e gostaria que você o levasse até lá. Acredito que o pajé Salumã, da reserva Nawê, possa trazer a memória dele de volta. Seja qual for o resultado, prometa que o trará de volta ainda hoje e me encontre amanhã cedo. Implora.

Brisa do Carmo segue em direção à reserva Nawê.

Sérge precisa se recompor. Sua cabeça dói.

Reclina o banco do passageiro e tenta dormir.

Capítulo 13

NAWÊ

Apesar de estarem em uma missão extracurricular, os membros da ONG Libertas farão uma turnê por uma extensa e desconhecida parte do centro do país, por onde Rafaela e Seraphião já haviam passado. Serão mais de 30 cidades, entrarão na rodovia dos Bandeirantes e cruzarão: Rio Claro, São Carlos, Araraquara, Jaboticabal, Bebedouro, Barretos, Colômbia, Planura, Frutal, Prata, Centralina, Itumbiara, Professor Jamil, Hidrolândia, Goiânia, Anápolis, Jaraguá, Rianápolis, Rialma, São Luiz do Norte, Uruaçu, Campinorte, Santa Tereza de Goiás, Porangatu, Talismã, (onde Stein sofrera um infarto) Alvorada, Figueirópolis, (onde um amigo de Nívia providenciara documentos a Rafaela)

Cariri do Tocantins, Gurupi, Aliança do Tocantins, Brejinho de Nazaré, Porto Nacional, onde entrarão na rodovia TO-050 até Palmas e em menos de 1 hora chegarão a Lindau, o mítico berço de Rafaela Oserov.

Depois de dois dias e meio de aventuras nessa missão humanitária, turística e investigativa, durante esse longo e tortuoso trajeto, essas figuras andróginas e performáticas seriam alvos de aplausos, elogios e também o contrário. Ao menos em 4 cidades teriam problemas com preconceitos, homofobia e ataques verbais. Mesmo com os riscos, em quase todas as paradas distribuíram o manifesto denunciando o drama de Rafaela.

Em uma dessas paradas, um posto de gasolina, foram assediadas por um grupo de jovens recalcados ou drogados. Na sequência, essas drags foram perseguidas pela rodovia sob mira de armas e ameaças graves. Graças à empatia de policiais rodoviários federais, escaparam ilesas. Em um desses postos da PRF, após uma conversa com Síria sobre o protesto em Lindau, um deles menciona o "andarilho".

"— Sérge... aparecia e desaparecia por aqui. Gente boa, resolvia alguns problemas de motor de uma viatura ou outra. Se alimentava com a gente e seguia sua viagem. Como todo alemão, era bom de mecânica."

"—Se cuidem." — o policial se despede.

Finalmente, em Lindau, procuraram um local para estacionar. "Com esse Motorhome não precisamos de hotéis nem de 'pousadas da lua' — graças a Deus!" — Síria suspira em desabafo. Estacionam em frente ao posto de gasolina, um dos negócios com a marca de Mércia. O movimento é intenso, com a entrada e saída de carros, a maioria sendo de fazendeiros da região. Um povo retraído e acanhado, talvez devido a um código de conduta imposto por uma figura opressora, reforçado pelo toque de recolher após as 22h. O grupo percebe — e gosta. "Ao menos, parece que não vão faltar com o respeito" observa Síria.

A maioria é reservada ou tímida, e alguns, mais afoitos e curiosos, se aproximam e educadamente perguntam sobre a presença deles e algum espetáculo.

— Faremos um protesto! — alguém do grupo anuncia, sem se explicar. Uma das drags salta pela porta do ônibus e responde:

— O segredo do sucesso é o segredo! — e gargalha.

Síria Lamine usa um megafone e anuncia seus propósitos:

"Ninguém ficará dormindo na vida!

Estando anestesiado, será enfim acordado!

Seraphião descerá da lua! Da lua cheia para sua rua!

Ninguém ficará imune ou impune! É o fim dos tempos!

Dos atuais para a nova geração!

Mais que amor, como revolução!

Preparem-se para a visita da nossa maior inspiração!

O segredo será revelado, o segredo de Seraphião."

Mércia Oserov está a caminho. Acredita piamente em seus métodos, sua impunidade e mantém seus planos em andamento. Com um carro alugado e uma identidade falsa, como um pesadelo, ela vem. Deverá chegar exatamente no dia do evento que já está sendo divulgado nas redes sociais. Sua maior decepção foi investir tanto dinheiro em uma 'captura tão ridícula quanto a de Sérge' — pensa e acelera. Pretende manter o laboratório em funcionamento—Vou fritar aquele rato" — pensa, dirigindo alucinada. "Ele deve saber muito bem sobre meu dinheiro. Deve fazer parte do plano da Nívia e não fui esperta o suficiente." — adivinha.

— Régis Couto, é Mércia. Encontre o tal do Sérge. Ele não está mais na pousada e, por favor, mantenha-o preso no laboratório. O delegado a escuta e diz que liberou Margot e o padre, por pressão popular.

— A Margot é amiga da sua filha e o padre não oferece perigo. O que a senhora me diz sobre a morte da Dra. Nívia? — decide se impor.

— Boatos dessa imprensa maldita! Eu estive lá sim e tomamos um chá! Ela deve ter tido alguma reação alérgica! — grita, tentando se defender. Não há dúvidas de que as atitudes da narcisista Mércia só acentuam e evidenciam cada vez mais seu desequilíbrio mental. Agora, não só o delegado percebeu, como também irá se evadir a fim de se preservar.

A história de Rafaela circula na web e na imprensa, evidenciando que sua mãe teria motivos para assassinar a célebre endocrinologista. O cerco irá se fechar rapidamente, e ela terá pouco tempo para se vingar. Pela manhã, a cidade estará sendo alvo de matérias de emissoras de Palmas e região. O reencontro de Margot e Rafaela é o grande acontecimento, mostrando que amizades muitas vezes se constroem mais sobre dívidas do que pagamentos. Os principais envolvidos, o padre Simão e a amiga Margot, que será entrevistada dirá— Sim, a falecida Dra. Nívia Nizzi ajudou Rafaela a fugir, mas não a ajudou psicologicamente; a aliciou, seduziu e a fez ceder aos seus caprichos. Ou seja, na minha opinião, ela teve o que mereceu", responde sem medo de represálias, pois a amiga dela agora é um rapaz — um bonito rapaz, felizmente.

Mércia acompanha tudo e seu ódio cresce cada vez mais em relação à Margot. "Maldita moleca, foi pressionada de todas as formas e não cedeu. Onde está Rafaela? Se tem algo a revelar, que diga logo, cretina! Posso suborná-la e ela me entrega o endereço da Rafaela? Quanto custaria isso, e se eu a matasse depois?" — Pensa, e os planos são os piores. Chegará em 5 horas, caso pegue um atalho, passando, contra a vontade, ao lado da reserva Nawê. Os nativos nunca gostaram do seu pai e ela menos ainda. "Bando de vagabundos" — pensa, acelerando ainda mais. "Veneno, preciso envenenar a cidade.

Colocarei veneno no reservatório de água. Não, precisaria de muito veneno." Atropela um tamanduá—Malditos animais na estrada; quem mandou não sair da frente. Já sei! Faço uma festa no salão da prefeitura e explicarei o que aconteceu. Depois enveneno todo mundo e pronto. Vou presa, mas antes farei um estrago." Os devaneios a fortalecem. Sequer suspeita que o marido, em São Paulo, fora preso preventivamente. Por enquanto, não benzerá mais ninguém.

Luana da Lua acompanhará atentamente os noticiários com um único objetivo: reencontrar Sérge. Havia mentido a respeito dele desde que encontrou Maysa e a Dra. Nívia. Também mentiu no seu depoimento ao delegado e à Mércia Oserov. Não omitira algumas verdades, como que nunca tivera parentes ricos e como nunca se vendera. No entanto, não poderia mais mentir ou esconder o que sentia; os sentimentos feridos e o ciúme de Maysa, juntamente com a saudade dele, a faziam muito infeliz.

Aos 34 anos, essa morena com traços naturais indígenas, esguia, atlética e influente em várias frentes culturais pela região, estava decidida a reencontrar esse mistério que fez sua vida mais alegre e colorida por anos. Quase tudo o que a trupe sabia e apresentava partia do seu conhecimento.

Quando menina, o conhecia apenas de vista. Tempos depois, surgiria do nada numa noite de lua cheia, durante uma celebração, e seria adotado pelo pajé, que o pintou de branco e lhe deu esse nome. Ela fez uma amizade profícua e sincera com aquele garotinho estranho que agora era considerado "o Deus da lua e do mel" ou "Menino da Lua" o Seraphião, ou "Ser Apiáo", como sua tribo o chamava. Para ela, seria apenas mais uma criança de doze anos, assustada e confusa, que precisava de um lar e que desapareceria sempre que possível. Isso era certo durante as luas minguante e nova.

Suas habilidades com o corpo e com a voz eram algo sublime. Aprendeu rapidamente a falar e cantar em Aruak, a língua da sua tribo, e mesclava com alemão. E assim, enquanto crescia, aprendia tudo com facilidade; inclusive a arte de seduzir as mulheres. Uma vez ou outra, perguntariam sobre algum garoto desaparecido da Alemanha, ou da família do falecido senhor Klaus, que era também um bom amigo da tribo. No entanto, ninguém diria nada. Ele sempre seria considerado um ser místico e protegido, especialmente pelo pajé. Luana recebeu o apelido de "da lua", e cresceram praticamente juntos. Ele fazia todos na tribo se divertirem. Corriam juntos pelas plantações de capim dourado e mergulhavam em rios de cristal e ouro cobiçado.

Até que um dia, quando já tinha idade para se casar e ter filhos, desapareceu. Sempre branco, branco como leite. A pintura do pajé era incrivelmente perfeita e isso o transformaria numa lenda noturna. Então, como a cidade era distante, ninguém suspeitaria que ele tivesse se apresentado em Lindau. Logo depois de algum acontecimento ou trauma, tornou-se um rebelde e andarilho. O reencontraria, sim, anos depois, já com outra pele.

Ou seria essa sua aparência real? Em sua testa ainda trazia aquela pequena lua crescente desenhada pelo pajé. Não atendeu por Seraphião e, quando perguntado pelo nome, disse: Sérge. Talvez quisesse ocultar o passado ou como era chamado na tribo. Falaria pouco, talvez por medo de se envolver fisicamente. A via como uma irmã, e isso colocaria uma barreira entre os dois; mas a palavra 'desejo', em pouco tempo, deixaria de ser um verbo.

Hoje, Luana da Lua está impressionada com a mudança de situação de Mércia Oseróv — de caçadora à caçada. Atualmente, mesmo sem a Trupe Nawê, decide se dirigir até Lindau, na esperança de reencontrar Sérge. Seu instinto diz que ele está em perigo. Do ponto onde está nesse momento, deverá levar não mais do que 6 horas de viagem até seu destino. Passará primeiro na reserva e avisará seu povo sobre os acontecimentos; depois, irá até Lindau. Um longo trecho desse atalho não tem postes de luz elétrica e, por sorte, a lua está cheia. É preciso cuidado; o asfalto e a terra batida se revezam e eventualmente animais podem surgir do nada. Ela e muitos moradores da região conhecem esse atalho, que proporciona umas três horas de vantagem até a cidade. Aproveitará a claridade da lua para acelerar um pouco mais. Ela decorou uma boa parte do monólogo de Seraphião e, enquanto dirige, canta um trecho em sua língua:

" Eu vi da lua sua rua lá em cima um risco feito de ilusão.

Me despedi e me despi tal qual a lua em solidão. Desci.

Vi esses olhos de menina apaixonada, sem saber que era paixão

Se derramou como um cometa que caindo virou cinza pelo chão.

"Então nudez me procurou e derreteu-se em meu calor

Havia mais que uma mulher, menina no cabelo, fogo

Esse fogo, ora de beijos e de abraços, me fez morto ressuscito"

"De tão pobre e tão perdido, me roubaste minha alma e coração

O que restou daquela noite se roubaste até meus olhos?

E o endereço pra voltar a ser de novo o seu amor, Seraphião"

"Pelos telhados me perdi por tantas noites; cadafalso e tropeção

Das frestas dos teus decotes, das telhas, dos teus saiotes

Do orvalho dos gemidos, fez morada em meus ouvidos

No meu céu se fez trovão; por que não me deixou falar?"

"Quando rezei pelos cantos de um casarão deserto

Ao certo tinha por perto um anjo branco e um negro cão

O ouvirem meus pedidos, decidiram disputar na guerra

Esse corpo tão perfeito a ter milagres e também a perdição."

"Talvez a filha só, de um gozo enlouquecido de um casal

Assustado com o estrago decidiram ter só essa luz do sol

Mas nas águas nos telhados aprendi a ver os seus segredos

marginais Russos tramas de bordados e os venenos dos seus pais."

"O O Oserov, Oserov, Oserov

Me deixe arar um pedacinho de chão.

"Ho ho ho ffman, Hoffman, Hoffman

Você quer morar no céu? Por lá não tem plantação

"Depois de tudo quebrado, vento em vão sem direção

Chorei sem ter vontade e sem querer jamais ser são

Acordo num mar de fogo e só desejo numa praia me afogar

E foi assim que Oserov, envenenou meu velho pai"

Brisa e Sérge estão fazendo o trajeto que os levará até a reserva dos Nawê e devem chegar em, no máximo, meia hora. Sérge, no banco de passageiro, levanta a cabeça e olha ao redor — e diz:

— Brisa, você está ouvindo?

— O quê? — ela responde.

— A voz de Luana está cantando baixinho no meu ouvido.

— Quem é Luana? — ela fica curiosa.

— Era minha irmã aqui na reserva e a estou ouvindo cantar.

— Como assim? Como você sabe que a reserva está perto?

— Sim, eu sei... preciso que ela cante pra mim — e pede silêncio com o dedo. Brisa não entende, mas faz o silêncio que ele pede e ele reclina o banco novamente. Então, ele começa a cantar em voz baixa a mesma canção, e Brisa o ouve apaixonadamente.

A voz de Sérge é doce e, enquanto canta de olhos fechados, uma lágrima desce pelo canto de um dos olhos. Brisa está plena de comoção e algo lhe provoca arrepios. Sente que Sérge está recuperando a memória e está saindo de uma espécie de transe.

Ela o escuta e começa a entender um pouco da letra que fala de uma briga, disputa de terras, crime ou algo do gênero:

"*Ho ho ffman, Hoffman, Hoffman.*

Você quer morar no céu?

Por lá não tem plantação."

"Depois de tudo quebrado, vento em vão sem direção...

Chorei sem ter vontade e sem querer jamais ser são

Acordo num mar de fogo e só desejo numa praia me afogar"

Mais adiante, uma sinalização indica que a estrada está interrompida. Dois homens com coletes, "fiscais do Ibama ou da Funai?" — Brisa se pergunta, enquanto apontam os faroletes em direção ao veículo e pede que estacione. Ela reduz e para o carro. Está tensa e chama a atenção de Sérge, que acorda e a pede calma.

— Quem vem lá? — diz um, e se coloca na frente do veículo.

— Sou Brisa do Carmo, de Lindau, do laboratório Oserov.

— Estão indo para onde? — diz se aproximando.

— Reserva Nawê, dando carona a um amigo e Sérge acena.

Brisa abre a porta, mesmo sem saber ao certo o que está acontecendo. Um dos guardas se aproxima e diz comovido:

— Tenho más notícias, fomos avisados de um acidente nessa estrada e viemos averiguar. Infelizmente, tivemos a perda de uma vida, e temo que a pista fique bloqueada por 1 hora ao menos. Vocês podem usar atalhos e chegar lá até a madrugada; ou esperar.

— Não podemos esperar e se precisar posso ajudar, sou enfermeira. O que houve?

— As pessoas atropelam animais e não retiram da estrada. Dessa vez, um tamanduá morto causou essa tragédia. A motorista, ao desviar,

colidiu contra uma árvore, seu jipe capotou e rolou pelo acostamento;
triste.

— Puxa vida, quero ajudar, por favor! — Brisa do Carmo

insiste.

— Obrigado, pode passar, mas... — o fiscal, grato, pedirá que ela o
siga sozinha. Sérge compreende e aguardará no carro.

O cheiro de óleo queimado, fumaça, ferrugem e capim dourado
se mistura no ar. Ele se deitará novamente no banco reclinado do
passageiro e continuará a cantar.

Ele observa a lua cheia e pensa em Luana.

Por um instante, parece senti-la ao seu lado;

e mais uma lágrima desce.

Capítulo 14

Desejos

A cidade está de alguma forma em sobreaviso. Há mais carros nas ruas. Curiosos de passagem, olham detalhes da cidade que não haviam notado antes. Como se algo, hoje, estivesse se revelando. Tudo ao redor, com relevância social, exibe um monograma com as letras 'M e O', encontrado na praça, delegacia, bares e outros locais. Isso se refletia em suas redes sociais, sites e combinações em impressos. Havia uma assessoria e uma estrutura de marketing pessoal por trás da sua atuação dissimulada e controversa. Tudo relacionado à Mércia, já impopular, gerava ainda mais aversão.

As pessoas envolvidas, os cúmplices, eram pessoas comuns que viviam nessa e em outras cidades sob a égide do medo.

O prefeito da atual gestão, Duval de Paula, velho conhecido de Mércia, era o oposto dessa maioria, político profissional, dado a quaisquer acordos envolvendo vantagens financeiras e tocando atualmente a música sob sua batuta. Alguns foram seduzidos por uma oportunidade de enriquecimento fácil e rápido, e a maioria desses não se manteria a postos por mais de dois anos. Desistiam ou desapareciam da mesma forma como vinham. Assim como os Rafa's, da recepção da pousada, ninguém teria muito o que confessar face a uma diligência, busca ou investigação qualquer. Porém, sabiam o que estavam fazendo, por mais que posassem de equivocados. Entretanto, de hoje em diante, essas duas letras, M e O, seriam vistas como malditas.

Amanhece em Lindau e, às 6*h*30 desse 20 de setembro de 2013, Brisa está em sua casa com Rafaela dividindo o café da manhã.

— Me desculpe, Rafaela, não posso garantir que ele vá voltar; é muita dor e ele teve uma sucessão de desbloqueios mentais, extra-sensoriais e precisa descansar. Acho que ele está saindo de um transe hipnótico profundo.

— Acho que Nívia seria capaz disso. Me conte o que houve depois.

— Após sairmos daqui, ele teve lapsos e, no meio do caminho, começou a cantar divinamente uma música, talvez escrita por ele. Em seguida, mencionou a irmã, Luana.

— Luana da Lua? Eu a conheci há cinco anos, eles estavam juntos numa trupe de palhaços malabaristas... Trupe Nawê!

— Sim, e aí tudo se complica, muito. Fomos parados por volta das 23h, já quase chegando na reserva, devido a uma obstrução na pista causada por um acidente fatal. Enquanto eu ajudava como enfermeira, ele adormeceu no carro. Depois, liguei o veículo e seguimos viagem junto com os fiscais do Ibama, que estavam na operação. Eles levariam o corpo até a reserva e aproveitamos a companhia. Chegamos lá por volta das 00h30 e alguns minutos; e então...

— Então, o quê, o que houve? Rafa quer saber.

— Fomos bem recebidos e ele reconheceu – graças a Deus – a maioria dos que estavam ali. Não os via há mais de dez anos e nesse momento, o transe ou amnésia já havia passado. A pior parte veio em seguida. Rafaela, se levanta, leva as mãos à cabeça e senta novamente.

— Os pais da Luana foram chamados no pronto-socorro e logo viriam – agitados – até nosso grupo, em prantos. A senhora mãe dela, inconsolável, disse ao Sérge:

'—Por que você a trouxe assim, desse jeito?' E ele a ficou olhando sem entender sobre o que ela estava dizendo; não entendia. Então o peguei pelo braço e corremos para ver o corpo. E confirmamos que era a Luana da Lua que estava ali, sem vida, morta.

— Meu Deus, Brisa... Rafa se emociona e ela continua:

— Mas eu não a conhecia ou sabia, sobre os dois. Ele se curvou e a abraçou e começou a se lamentar, na língua deles – Aruak – acho. O clima ficou pesado demais e, depois de um tempo ele me pediria que viesse embora – se virou e me disse:

— Meu lugar é aqui, não encontrei nada de bom entre os brancos e até os meus familiares me abandonaram. Devo muito a essa gente, então, caso queira me visitar, fique à vontade. Não creio que nada vá mudar de agora em diante. Me desculpe, senhorita Brisa do Carmo. E se afastou... Brisa termina. Essas duas pessoas, desoladas, se levantam ao mesmo tempo, e se abraçam entre soluços por não conseguirem conter a dor dessa perda.

— Pior que a morte é a sua ferida, que não mata em vida nem cicatriza – Rafaela diz enquanto as lágrimas das duas se tocam.

O celular toca às 8h30 e Síria Lamine avisa que os preparativos estão em andamento. Rafaela, ainda desequilibrada, deitada no sofá da sala e alisa os cabelos de Brisa, sentada no chão. Logo depois, esconderão a mala com a arma e o dinheiro e seguem para o laboratório. Entram no motorhome e começarão a colocar os planos em prática. No ônibus, os notebooks e celulares começam a exibir imagens da cidade e especialmente da clínica "Desejos" de Mércia Oserov. As redes sociais serão inundadas pela notícia a respeito da tentativa dessa mãe ter tido a ousadia de criar a tal clínica com a intenção de forçar a transição de sua filha, sem nenhuma justificativa plausível. Dezenas de fotos de Rafaela, as quais Margot havia guardado, começam a ser postadas. Com as fotos, as legendas—Aos 3 anos, já com cabelinho curto" — "Os 5 aninhos do anjinho Rafael" "Com a amiguinha Margot – namoradinho lindo." Entre dezenas de fotos, algumas com a beleza feminina exposta, e a pergunta—

Por quê?" começaram a ser postadas e viralizaram rapidamente. Tamanha a revolta que internautas começam a enviar mensagens às autoridades exigindo justiça e Rafa estava se sentindo até confortável com tudo aquilo. Inevitável que os hormônios falassem mais alto e, num deslize de excitação, ela fosse arrebatada por Margot. Ninguém diz nada sobre isso e ninguém irá censurá-los.

Síria Lamine observa e sente uma pontinha de ciúme, entretanto, sabe não ser a pessoa certa.

O ônibus faz o trajeto na avenida principal e Rafa irá indicar quais são os pontos-chave, ou cardeais, como ela chama.

— Pessoal, atenção! Hoje, durante a noite, o clima vai estar tenso, então quero que dois de vocês se posicionem aqui. E lembre-se, não existe protesto pacífico; só manifestação, e estamos em minoria.

Ponto Um: Em frente à prefeitura, onde o prefeito é de fachada; ponto dois: nessa clínica maldita e nessa delegacia sem lei; ponto três: posto de gasolina, ponto de mutação de Seraphião; ponto quatro: a maldita e celebrada Pousada da Lua!

— O que aconteceu aqui foi venenoso e seremos o antídoto.

O ônibus prossegue e Rafa continua numa excitação insana:

— Não tenham medo, acredito que tenhamos um público e que ele se posicionará em nossa defesa. Iniciem os protestos, cada um em seus postos, todos ao mesmo tempo, e tranquilamente: se houver tentativa de prisões, resistam e peçam ajuda. Ninguém sai dos seus postos e contem com o apoio da multidão. Eles entenderão cada palavra.

Estarei no "zênite" os esperando.' — Rafaela lidera. Está visivelmente desequilibrada, os protestos, afinal, serão em sua homenagem; e a ONG Libertas viajou muito para ficar ao seu lado.

— Agora vamos levar o ônibus para fora da cidade e aguardar as novidades. O motorista toma outro rumo.

A cidade observa enquanto eles descem por uma estrada que os levará para as fazendas e os sítios ao redor. Passando por um deles, um específico, que outrora pertencera aos pais de Mércia. Seguirão entre plantações e lavouras, algumas de capim-dourado, plantas medicinais — uma das riquezas da região — indo diretamente até a casa do antigo capataz dos falecidos avós dela, senhor Ramiro Pedrozo. Rafaela quer muito rever a amiga e antiga babá Anne. Sem a previsão de rever mais Sérge em seu futuro evento, tem em mente convidar todos os antigos e novos trabalhadores da família Oserov.

Enquanto o motorhome balança de um lado para outro, ela abraça Margot, que está aconchegada ao seu lado, e mergulhará em lembranças da infância, contemplando pela janela essa região tão abençoada. "Por que Deus não me abençoou também? Que mal eu fiz a Ele?" Questiona e não achará resposta.

Chegarão à entrada da sede da fazenda em poucos minutos. Vão ser bem recebidos, especialmente Rafaela, assediada por alguns dos presentes. Mas, infelizmente, chocará sua amiga e ex-babá Anne, que ao adentrar a sala, ficará estática ao olhar sem a reconhecer. Antes que Rafaela a cumprimente ou se aproxime, ela dará as costas e se afastará, indo se esconder atrás de uma porta. Demonstra uma súbita aversão a essa nova versão de Rafaela e a olha fixa e incredulamente. Aquele jovem rapaz alto, andrógino e simpático não lembrará em nada sua pequena e triste pupila. É para ela a síntese e expressão máxima de uma experiência mórbida a qual ela jamais gostaria de ver concretizada. Ali, no seu canto, ensimesmada, chegou à conclusão de que sua ex-patroa e agora inimiga, Mércia, vencera.

Rafa tentará contato visual mais uma vez e um movimento em sua direção, mas ela desparecerá. Mesmo assim, como convidados de honra, tomarão café nessa grande copa da casa do capataz, que também não reconhecerá essa Rafaela e apenas comentará:

— Se me lembro bem, você era uma menina muito bonita, mas agora é um rapaz bonito também. E riem.

Após um sinal, esse capataz pedirá licença. Se retirará e voltará minutos depois, chamando Rafaela para um "particular" e parece lhe falar algo sobre a filha. Rafaela volta à mesa com o semblante pesado, e nesse momento se dá conta de que acabara de perder, não só Sérge, mas também Anne Pedrozo. "Qual versão dos fatos contaria a ela? Como eu poderia me explicar?" — Pensa, entristecida, como num cinza e súbito velório, um luto sem mortos. A entende, e não a verá mais, nem mesmo para a despedida. Foi sua amiga e confidente mais aplicada, durante quase 10 anos. Aquela que a levou no colo mais que a própria mãe, enxugou suas lágrimas, velou seu sono em inúmeras noites. Inclusive em tristes Natais, enclausurada, como escrava, naquele quarto secreto do casarão. Uma decepção para uma pessoa simples e religiosa, que não se sentiu atendida em suas preces.

Antes de partir, Rafa pede ao motorista que chame de volta alguns membros da trupe Libertas que se enveredaram pelo pomar com o Sr. Ramiro — que por sua vez não cultiva plantas venenosas.

Passarão o dia a circular de plantação em plantação, convidando as pessoas. A maioria delas é simples, retraída e se mostra encabulada com aqueles estranhos personagens coloridos. Passam caminhonetes de última geração levantando imensas cortinas de poeira. Entre uma estrada e outra surge um trator mais antigo, peões a cavalo agitam chapéus e aboiam. Uma ou outra vaca perdida aparecerá de surpresa na estrada — mais uma selfie. E eles continuarão sua "drag romaria" até o fim da tarde.

— Hoje à noite faremos uma missa diferente a partir das 21h, e estão todos "Lindaumente" convidados! — anuncia uma delas. E espalham folhetos:

—Contra a injustiça e a impunidade. Libertas LGBT, Protesta! Convidado especial: Seraphião!"

No centro do folheto há uma antiga foto de Seraphião, ainda rapazote, que Mércia havia deixado com o padre Simão. E aquilo era assustador e os deixaria surpresos. Uma foto icônica nunca vista antes e que geraria comentários reveladores—O moleque que era artista no casarão, que hoje é a Pousada! Sim, eu o vi no casarão, eu era jovem e ainda namorava! Ele desapareceu ainda garoto, deve estar velho! — Diziam rindo." Síria Lamine sai na janela do ônibus e responde:

— Ele é da lua e o povo de lá não envelhece!

— Oh! Não 'vamo' deixar de ir não, será um prazer!

— Esse garoto era filho adotivo dos Hoffman!

— Teria sido abandonado ou escolheu as ruas?

— Ele era branco como um papel, será que mudou de cor?

— Com essa lua cheia, vai ser uma aparição e tanto!

— Era louco de pedra! — todos riam e comentavam. Ouvindo tudo no anonimato, Rafaela descobre tudo que precisa saber. Sérge tem segredos e raízes profundas naquele casarão. Nesse retorno, após o almoço, param na beira da estrada onde há o restaurante caipira da dona Rosa—Da Rossa" que está apinhado de gente.

— Então todos irão à igreja? Uma drag pergunta levantando um copo de cachaça e todos respondem ao mesmo tempo:

— Para ver Seraphião, 'nóis infrenta inté o cão!'

As drags devem se preparar para os protestos, e o ônibus parte, deixando para trás o que há de mais bonito na região: suas plantações, uma natureza pujante, a estrada de terra e o cheiro de mato. Para esse grupo de metropolitanos, essa experiência chega ao nível do insólito. Essa região, com tanta riqueza natural e sem a intervenção do progresso estruturado em concreto capitalista, era parte apenas do seu imaginário cinematográfico e televisivo. Uma das drags, com a cabeça para fora da janela e braço erguido, segurando goiabas do pomar, gritará: *" Tara é minha, e jamais passarei fome de novo, nem eu, nem minha família!"*— E outra grita—*Viva, Scarlett!"*— E todos gargalham. Menos Rafaela.

Lá atrás, no amplo horizonte, o dourado do sol começa a se

despedir, espalhando-se como se deitasse ali e se erguesse acolá, em outro amanhecer. Mas, a tecnologia e a urgência desfazem a magia.

O celular de Rafa chama:

— Alô, Rafaela é Brisa. Mércia está na cidade e eu estou deixando o laboratório. Peguei tudo que precisamos para colocá-la atrás das grades. Está tudo abandonado. A delegacia tem poucos policiais e o delegado está sem ação. Tem muita gente de fora por aqui. Desde a cidade vizinha até alguns voos que foram fretados. Acho que pessoas às quais ela prejudicou virão até aqui. Será um problema conter esse povo. Se a Mércia aparecer, poderá ser linchada; eu acho.

— Ok, Brisa, obrigado, e não se preocupe, ela terá o que merece, — diz em tom grave e desliga. Respondeu, se encolhendo no colo de Margot. Há um ódio contido na voz de uma pessoa que se desconhece.

Mas sabe que seu pai tem uma bela história para contar.

Seraphião, descerá da lua cheia, essa noite, até o imenso telhado dessa *quase* cidade.

Mércia Oserov está reunida com os funcionários na Pousada da Lua e tentará sustentar a versão de que houve uma intoxicação acidental e que a justiça irá reverter as acusações, inocentando-a. Ela tem a empáfia de pedir a um dos funcionários que convide pessoas influentes da cidade para um jantar comemorativo e de negócios. No entanto, pelas notícias, ela está se tornando, a cada segundo, mais odiada e desprezível que nunca.

— Ah, sim; estou oferecendo uma recompensa de dez mil para

quem me disser onde se encontra Margot Rivas, ou o homem misterioso, que esteve hospedado aqui na pousada — o tal de Sérge.

O valor da recompensa despertará o interesse de alguns inocentes que dependem do trabalho escravo da megera. Eles não sabem que ela tem pouco tempo, pois as autoridades estarão chegando a qualquer momento. Já encerrada a reunião e dispersos, um deles se aproximará discretamente e cochichará em seu ouvido.

— Obrigado! Mércia agradece e, ao sair do salão, fala em voz alta: ninguém sabe do meu paradeiro! Ninguém me viu na cidade. Até a hora do jantar; preparem o espetáculo!

No início da noite retorna. Está maquiavelicamente produzida. A ideia de fazer seu marketing pessoal nesses momentos decisivos a leva a abusar de uma certa vulgaridade desnecessária. Seu visual lembrará uma jovem e decadente estrela de Hollywood no tapete vermelho, se exibindo aos paparazzi, com o adendo de colocar à vista de todos boa parte de suas partes mais cobiçadas. Com seu cabelo vermelho, batom e um vestido colado da mesma cor, ela será a imagem perfeita de uma jovem cafetina de um velho e decadente bordel parisiense. Lembrará as noites áureas do casarão ao acionar alguns dos seus agentes e pedir que façam barricadas de fogo a uma distância de uns 100 metros dos lados opostos da Pousada e explica:

— Hoje teremos um evento especial nessa espelunca, e como virá muita gente e abelhudos em geral, quero evitar a entrada de viaturas e policiais. A segurança hoje será reforçada e, por conta de vocês, corram!

Deu essa ordem e essa estratégia seria um fracasso, bem como acirraria ainda mais os ânimos da justiça e da imprensa. Entretanto, como espetáculo, daria um belo efeito cenográfico, nunca visto nessa região. Como previsto, ninguém compareceria ao jantar; nem mesmo os funcionários. Mércia Oserov não sabendo como encontrar Margot, imaginou um meio de atraí-la. Liga para o padre Simão:

— Quero conversar com a Margot Rivas e sei que o senhor pode arranjar isso, padre Simão. Ou tocarei fogo na sua maldita igreja com todos os seus fiéis dentro. O pobre padre sabe do que ela é capaz e não quer sequer imaginar uma tragédia. Pretende dissuadi-la usando a razão e a perspicácia: 'Mércia, você precisa se acalmar para resolver sua situação com justiça. E tenho a informação de que Rafaela e Margot estarão hoje na missa das 21h, e será sua chance de rever e reaver sua filha.'

— Tudo bem, padre Simão. Mesmo assim, traga as duas aqui na pousada, para jantarem comigo; civilizadamente.

De acordo?

— Sim, minha filha, vou providenciar. Responde o padre Simão que estava no ônibus com todos a ouvindo no viva-voz. Margot, Rafa, padre Simão e Síria, se entreolham, como se já soubessem o que fazer.

" *São 18h em Brasília e estamos ao vivo de Lindau, essa pequena cidade a 62 quilômetros de Palmas e as ruas por lá estão agitadas. Há um protesto contra a administração paralela às gestões atuais e passadas sob a influência da empresária Mércia Oserov. Essa senhora que esteve há pouco em São Paulo é acusada de suborno à endocrinologista e cirurgiã*

Dra. Nívia Nizzi, numa trama que levou à sua morte. Mostramos imagens aéreas da cidade e, por incrível que pareça, há uma avenida radial gigante onde ao centro fica uma praça "Oserov" definindo o grau de influência dessa mulher inclusive na política e infraestrutura da cidade. O marido, que está preso preventivamente, diz às autoridades que Mércia Oserov é inocente. Porém, centenas de documentos vazaram de dentro do laboratório dessa senhora, que mostram apenas procedimentos ilegais. O grupo LGBT Libertas está nesse momento dividido em quatro grupos. Com seus cartazes, pedem justiça para a jovem Rafaela Oserov que foi induzida pela própria mãe a assumir-se uma pseudo homossexual. Pedem total transparência em todos os casos, sejam particulares ou pelo SUS. Mas nos parece, por aqui, que há uma garota que decidiu intermediar uma negociação entre Mércia Oserov, sua filha e a justiça. Seu nome é Síria Lamine, diretora da ONG LGBT Libertas."

— Vou juntamente com o advogado da ONG que representa a Rafaela negociar os termos, e após a assinatura do acordo, tanto Rafaela quanto a mãe terão uma segunda chance — Síria mente e convence.

— Voltamos após os comerciais. Encerra o âncora.

A cidade está praticamente em chamas. Sim, lá fora os homens de Mércia, não os policiais, mas sua milícia particular, colocaram fogo em pneus fechando duas passagens que dão acesso à pousada. O prefeito, Duval de Paula, não foi localizado para entrevistas e o atual delegado Régis Couto está desaparecido, convenientemente, e nessa cidade o efetivo policial é o menor do estado. Enquanto pedestres e moradores se aproximam dos grupos que exibem cartazes e gritam palavras de ordem, um deles registra os movimentos ao redor com o celular em punho, filmando e transmitindo o quanto pode. Outro declama as conquistas dos movimentos durante as últimas décadas no Brasil e no mundo.

A ideia não é romantizar o mundo LGBT, mas criar laços com a sociedade para evitar mais tragédias do que já vem acontecendo.

E começam o protesto, prontos para retaliações:

" — Perdas de vidas não são apenas fruto de discriminação, e sim de ignorância e desinformação!"

" — Rafaela, nenhuma criança merece o mesmo que ela!"

E os cartazes escritos '*Libertas!* eram distribuídos. No verso, um resumo do que seria dito na missa—LIBERTAS — Uma mente livre faz um mundo melhor!" E no verso um cronograma das "Conquistas do universo LGBT de *1830 — Durante o Império, o reconhecimento legal e judicial dos seus direitos até a Conquista da União estável em 2013, com o casamento entre os do mesmo sexo."* Terminando com uma reivindicação: "A ONG Libertas — Pede às autoridades que criem uma lei que puna severamente as iniciativas como as tomadas pela mãe de Rafaela Oserov: Redesignação Sexual por imposição." Algumas opiniões convergiam para dois boatos incendiários:

Primeiro: A transição de Rafaela seria realizada criminosamente pela mãe sem seu consentimento legal, em sua clínica clandestina, e devido a processos que poderiam incriminá-la, a empresária teria terceirizado esse ato hediondo para a endocrinologista.

Segundo: A Dra. Nívia, por sua vez, teria feito jogo duplo entre mãe e filha e durante o processo, teria iniciado um romance proibido com a garota de 14 anos, quebrando o pacto com sua contratante e por conta dessa tórrida paixão manipularia Rafaela a seu favor, enfurecendo a mãe — a levando ao assassinato.

Com esse estopim aceso e essa nova hipótese emergindo desse mar de lama, a imprensa se debruçaria por tempo integral sobre o rumo das investigações. Houve quebra de sigilos, e segundo uma fonte inerente ao caso, um valor de meio milhão, em espécie, envolvendo as duas, estaria até o momento desaparecido.

Rafaela era a única que conhecia a verdade e não tocaria nesse assunto; não mais, com mais ninguém. No seu íntimo, sonhava em transformar-se numa versão redesignada de Sérge, que considerava um super-humano, mesmo sem classificação biológica ou referências acadêmicas razoáveis. Apenas a sua redesignação, em andamento, já presumia um parentesco incontestável. E isso, em alguns meses, faria toda a diferença. "Sérge, quando criança, teria sido cooptado pelo tal médico alemão?" — imagina enquanto se dirige para o esconderijo.

"Às 18h30 dessa tarde dourada da região de Tocantins, na área mais central do Brasil, a cidade de Lindau, mostrará que tem mais a oferecer que apenas implantes de silicone e tratamentos de pele; assistimos ao vivo a derrocada de uma empresária inescrupulosa que terá que se explicar na justiça sobre todos os seus desmandos". Alguém reportava. A TV mostra imagens aéreas captadas por um helicóptero de uma repetidora de Palmas. O que se vê é uma turbulência envolvendo homens armados sendo contidos facilmente pela multidão. As drags tentavam controlar o acontecimento com frases de efeito, malabares e

descontração, ao contrário de alguns moradores que decidem iniciar uma depredação em pontos especificados com a marca da megera.

É uma revanche, talvez um pouco tardia, contra uma mulher que maltratou por quatorze anos uma menina muito querida de todos e que para ela nunca mais retornou. Com o acontecimento atingindo altos pontos de audiência, a ONG Libertas aproveita essa oportunidade única para enviar suas reivindicações às autoridades.

O helicóptero segue em seu voo a aproximação de Síria Lamine e de Margot Rivas, juntamente com um grupo de apoio e um advogado da ONG, que na realidade era uma das componentes do Libertas em roupa social; um terno e gravata de grife e suspeita elegância.

O "advogado" definirá os termos para a entrega de Rafaela à mãe, que está ansiosa e ainda mais furiosa. Porém, a dada altura do trajeto, eles param. Com um megafone, Síria se dirige à Mércia:

— Sra. Mércia, gostaria que a senhora desautorizasse o uso de força por parte dos seus homens e nos desse liberdade de continuar com os protestos de forma pacífica. Mércia, possessa, grita do casarão:

—Quem você pensa que é para me dar ordens, sua pirralha!'

— Infelizmente, sem esse acordo, voltaremos à estaca zero nas negociações. Mércia é obrigada a ceder e Rafa ganhará o tempo que precisa para fazer sua transmutação.

Já havia escalado de volta até o teto e entrado em seu esconderijo há menos meia hora. Fica ali por um momento admirando a capacidade de velhos construtores europeus e suas habilidades em construir paredes e passagens secretas. Como se desafiassem a imaginação de alguma criança, ou tivessem que se esconder em algum momento para chorar em segredo. Em 2013, em plena era tecnológica, a lógica aqui é a que menos se enquadra nessa indagação. Ouvirá ao longe, em frente à pousada, a voz da sua amiga Síria Lamine ao megafone e aguarda um sinal. Após meia hora de espera, Síria fará uma nova exigência. Dessa vez, sobre as barricadas em chamas.

— Sra. Mércia Oserov, enquanto mantiver barricadas em chamas dos dois lados da sua Pousada, não estaremos seguros para entrar. Estamos sendo monitorados em rede nacional e estamos reféns da sua violência. Peça para apagarem o fogo e liberarem as passagens!

— Vocês estão tentando ganhar tempo por quê? Estão com algum truquezinho barato? Ela se irrita, porém, Síria é incisiva:

— É pegar ou largar! Mais meia hora ganha e voltam as negociações e dessa vez quem tentaria ditar regras seria Mércia.

— Quero a presença do padre Simão, com a Margot ou nada feito. Rafaela está ouvindo e precisa que a noite seja "a noite" para que sua aparição faça efeito. Ele não tem os dons do Sérge para voar, mas seu plano é dar a Mércia uma experiência existencialista transcendental. Os pneus em chamas foram retirados, desbloqueando a passagem e, em meio à multidão que se aglomera, alguns carros começam a circular lentamente em frente à pousada. O clima é de um filme de ficção, com cores saturadas num clima distópico, mostrando essa quase cidade em vistas aéreas e seu envolvimento com todas essas nuances, e o personagem mítico que permeia a mente dos seus habitantes. Ele, Seraphião, irá dar os ares da sua graça, nessa noite cuja lua — Jaci, para o povo Nawê – já está a postos, posicionada, suspensa, boiando, do lado direito superior desse céu quase noturno sobre o casarão soturno de Klaus Hoffman, como se o seu espírito estivesse a aguardar a presença do seu filho há tanto tempo desaparecido.

Os cidadãos Lindauenses percebem que alguns estranhos estão se misturando aos seus moradores e pessoas dos sítios não muito distantes. São 20h quando a recepção da pousada está à meia-luz com sua decoração pomposa e uma mesa de negociação posicionada ao centro. Um garçom chega com as bebidas, que ninguém irá beber. Há curiosos, alguns dos hóspedes e fãs de Sérge que se apinham nas janelas para prestigiar esse trágico e anunciado evento. O luar clareia a parte interna da recepção com a luz entrando pelas enormes janelas em arco que sempre fizeram parte dos espetáculos que aqui eram apresentados. O advogado, polido e atencioso, se apresenta, traz uma pasta numa mão e o celular em outra; Margot se senta ao lado do padre, sob a mira dos olhos irados de Mércia. E Síria Lamine começa a conversa dizendo um pouco sobre sua experiência:

— Querida Sra. Mércia, eu nasci menina e nunca me senti como tal. No meu país, a Síria, e no Oriente Médio em geral, é costume de homens darem-se as mãos e até mesmo trocarem beijos nas ruas, e nós mulheres somos agraciadas apenas com burcas e repressão. Saí do meu país porque queria ser homem, e não conseguia...

— VAMOS AO QUE ME INTERESSA! Mércia bate na mesa e o clima de diplomacia volta para as embaixadas — Quais as cláusulas desse maldito contrato, terei que assinar? Meu tempo é curto! — Sim, a polícia não demoraria a chegar. As autoridades e a imprensa estavam mesmo interessadas em números e disputas de audiência e ver o show pirotécnico de Mércia. Ela já estava condenada, desde que tirou a vida dos seus pais.

Sérge Martin Hoff, durante toda a tarde, acompanhava apreensivo os fatos mostrados pela TV. No momento em que vira Rafaela e Brisa do Carmo juntas se movimentando pela cidade, temeu pelas suas vidas. Num ato de fé e coragem, se levanta e se dirige à tenda do seu velho amigo, o pajé Salumã.

Nesse exato momento, Rafaela está completamente branca, como um papel. Quem a visse diria—Esse é Seraphião". Havia esgueirado-se como sempre, encontrado novamente os galhos da grande árvore já perto da saída de lixo e a escalou, incógnita. Primeiro ao telhado e depois até sua entrada secreta na parte mais alta do casarão, desceu por entre as vigas, passou por entre um vão que havia entre os quartos, adentrando o que hospedava Sérge. Agora transfigurada, por dentro e por fora, aguarda o sinal a ser dado por sua amada Margot Rivas.

Há dois homens da segurança de Mércia nas sombras da pousada, então é preciso cautela. Quando Mércia indaga sobre o contrato, Margot, como combinado com Rafaela, se levanta. Ela se afasta e, em tom de confidência, diz algo no ouvido do padre. Em seguida, olha sobre as cabeças de todos, confusos. Dá um passo atrás, fecha os olhos e emite um desesperado e estridente grito—*Naweeeeeeê!"*. É o sinal. Aturdidos, todos são surpreendidos e, num susto, se afastam da mesa. Mércia dá um salto com seu figurino vermelho vulgar e levanta a mão como outro sinal para os seguranças. Os expectadores redobram o interesse no que se passa e seguem o olhar de Margot em direção à escada de 22 degraus que leva ao piso superior. Todos verão aquele vulto branco descendo em câmera lenta, etéreo, absoluto e como que flutuando.

Mércia Oserov, apenas ela, nesse momento, de salto alto e cambaleante, vê a imagem de um morto — há muito enterrado, soterrado, ressuscitando e saindo de dentro do seu peito gelado. Seu coração não mora mais ali, mas bate desabalado em algum outro lugar do passado. Os seguranças estão com as mãos sobre o coldre das armas; prontos para atirar. Há um silêncio momentâneo e a própria estrutura do casarão parece prender a respiração, pedindo o início da tão aguardada apresentação.

Rafaela continua descendo, de forma acintosa e assustadora. Emudecida pelo terror, Mércia gritará emudecida dentro de si mesma:

"— Corram! Corram! Seraphião está vindo!"

Capítulo 15

Missa Branca

Margot Rivas, amiga desde a infância, é surpreendida por tamanha transformação. Mércia, chocada, apoia-se na mesa com uma mão, leva a outra ao peito e gagueja, os olhos arregalados fixos naquela figura que, mesmo após rumores, jamais imaginaria rever. Talvez em seu íntimo houvesse negado sua existência. O fim da gestação de Rafaela livrou-a do incômodo de carregar uma parte intrusa por nove meses, num útero seco como o da mãe, uma árvore sem frutos. Os dois pareciam destinados a se rejeitar. Rafaela é um fantasma branco e assustador e se movimenta cautelosamente, observando e sendo observada por todos.

É acompanhada por milhares de olhares nas telas. Apenas Margot Rivas percebe o perigo iminente, transmitido ao vivo.

— Meu Deus, não é possível. Mércia balbucia e se aproxima lentamente, enquanto todos vão se tornando parte dessa cena inusitada. Ao redor, a grande improvisação, com centenas de figurantes, um cinegrafista numa janela, que registra e transmite. Mércia, por estar tomada pela vingança e descompensada, irá iniciar um ataque frontal contra seu arqui-inimigo.

— Seraphião, seu maldito, verme da lua, eu quero que você morra! Você me destruiu, destruiu minha vida!

Atirem! Atirem! — Ela ordena.

Rafaela está paralisada desde que entrou no ambiente que tão bem conhecia na infância. Assustada e sem acreditar que a situação está fugindo do seu controle, antes de falar qualquer palavra, é atingida pelo disparo de um dos seguranças. Síria se atira contra o homem que, antes de cair, dispara novamente. Tarde demais. Rafaela vira-se de costas e cambaleia. Sua pele alva, como papel, parece borrada por um beijo do batom de Mércia e tinge-se de vermelho. E, após um gemido sufocado, sentirá o sangue que começará a escorrer como um risco quente logo abaixo e ao lado do seu umbigo. Margot correrá em sua direção. Em meio à confusão — com os seguranças sendo contidos e Mércia aos gritos — ela ajudará a subir as escadas de volta e desaparecem.

O pobre padre Simão, assustado, corre em direção à saída, sendo recebido pelas pessoas. A recepção da pousada é agora uma cena de tentativa de invasão, homicídio e palco de um evento tido como tragédia anunciada. A movimentação de todos é ágil e, após alguma dificuldade, um dos seguranças subirá as escadas atrás da 'criatura branca' e Margot. As duas amigas, em fuga, têm pouco tempo para chegar ao esconderijo secreto, mas graças à aptidão física de Rafa conseguem. O segurança de Mércia, armado, abre a porta do quarto, mas não há ninguém por ali. Algumas das pessoas ao redor se afastam e outras se aproximam, como se a curiosidade por Seraphião valesse o risco. São 19h45 e, em uma hora, essas pessoas, estarrecidas, terão uma missa diferente para assistir. O padre Simão jamais deixará de cumprir a palavra dada a sua querida amiguinha Rafaela Oserov.

— Era sua filha, a Rafaela — grita uma Síria Lamine desesperada para uma Mércia, for a de si — que não a escutará.

— Matem, matem esse desgraçado! — ela continua gritando. Um dos seguranças parte para fora do casarão. Um grupo de populares e do Libertas o irá imobilizar e tomar sua arma.

— Tive uma visão, do mal, que voltou a Lindau! Mércia, histérica e no auge dos delírios que criou, com as mãos na cabeça, anda em volta da mobília da recepção e percebe que está acompanhada de olhares nada amistosos. Síria se dirige para fora com o megafone em mãos para orientar o coletivo que já se posiciona cada um com seu público a uma distância segura do casarão. A Pousada da Lua termina por trazer de volta uma das suas noites áureas, porém, a mais trágica delas. Sob a luz prateada da lua cheia, o evento extraordinário avançava com seus imprevistos. E, nesse caso, um casal estará subindo lentamente a pé uma ladeira, ladeada por flores, e que os levará até a igreja no alto desse monte. Devido ao ferimento à bala na altura do abdômen, Rafaela se move com lentidão, enquanto Margot tenta conter o sangramento. Com um braço apoiado sobre seu ombro, em lágrimas, segue seu calvário, como uma peça que parece não ter fim. Margot Rivas, sua amada amiga, pede a Rafaela Oserov:

—Não morra, meu amor, por favor, não morra' — implora baixinho.

Enquanto isso, a confusão se intensifica na Pousada da Lua. O único que as percebe e as irá acompanhar, rápido e discretamente, é o padre Simão. Então, em minutos estão juntos, ao longe, o que se vê são esses três vultos, como bêbados, trôpegos, se aproximando do jardim da igreja e que em seguida adentrarão os aposentos do padre. As pessoas que estão cientes do que está acontecendo na pousada querem entrar e procurar Margot e o enigmático ser branco. Seria ele Seraphião? Todos se perguntam, todos o amam e se preocupam. Lá fora, já havia um boato de que Seraphião teria sido morto por um tiro disparado por um segurança. Mércia está encurralada. Não sabe como escapar, nem para onde fugir. E o acontecimento está apenas começando a se desenrolar, tornando-se cada vez mais tenso e trágico. As pessoas abrem caminho para Brisa do Carmo, que tentará encontrar Rafaela. Síria Lamine, que está com o grupo, usará o megafone para organizar e pedir calma à multidão; mas não há ninguém mais tensa do que ela.

Brisa chega à recepção, assusta-se ao olhar para o teto do casarão e paralisa, impressionada. Síria, que está do outro lado da avenida, percebe e vem correndo a abrir caminho. Mércia Oserov está vindo em sua direção, enfurecida, tomada de histeria e emitindo palavrões em russo. Então, se cala ao perceber que Brisa, com seu rosto pálido e perplexo como que hipnotizada, olha em direção ao teto da recepção. E nesse jogo de imitação, todos os presentes seguem seu olhar. O teto da recepção e do lounge deve medir de dez a doze metros de altura, com suas terças e vigas que sustentam o telhado. Estruturas muito bem construídas por Klaus Hoffman e que durante anos foram o esteio que serviu de suporte para os mais diversos tipos de iluminação nas suas noites mais excitantes; como hoje. E sob a claridade noturna que entra pelas janelas, às luzes de um grande lustre central e arandelas distribuídas no alto das paredes — Seraphião é o iluminado centro das atenções. Para os que acreditaram que a anunciada e aguardada apresentação da noite está acontecendo, ele está ali, em seu elemento.

" — É ele! — Ele voltou! — Me deixem passar!" — Essas eram algumas das expressões que se confundiam entre antigos e novos fãs. Seria difícil contê-los, todos em polvorosa, se apinhando ao redor do antigo e misterioso casarão dos Hoffman. Eram, em boa parte, pessoas convidadas e que vieram das plantações e fazendas ao redor. Em sua simplicidade e contrariando toda a tecnologia e efeitos especiais vigentes, darão toda sua atenção a essa lenda, nessa oportunidade única de revê-lo.

Mércia Oserov fica ainda mais desorientada e percebe que está perdida nesse turbilhão emocional, num evento ao qual não terá mais como controlar. E lentamente o ruído da multidão ao redor vai diminuindo e se torna um silêncio e uma expectativa que precede uma revelação. Brisa leva as duas mãos cruzadas sobre o peito e pensa—Ele existe, é mesmo real... e está aqui!"

Logo então, o espetáculo se iniciará: Ele abrirá os braços e fará uma volta completa sobre o teto, andando pelas vigas e não demonstra medo, receio ou falha na execução — aplausos e assovios. Numa nova evolução ilusionista, como se andasse pelo teto, finge que despenca e se segura em algo, causando um susto no público e ouve-se um angustiante —Oooohhh!" — e se recompõe. Não demonstra cansaço, sua agilidade é tal que seria difícil ser atingido — mas não se arriscará. Então salta no ar e se dependura de cabeça para baixo na corrente do lustre, que balançará de um lado para outro como um pêndulo, da esquerda para a direita. Olhará diretamente para os olhos de Mércia, a dama ruiva em vermelho — ficando em pé e em seguida voltando à mesma posição. Amedrontada, ela corre desorientada de um lado para outro, talvez tentando encontrar uma arma. A iluminação mostra aquele ser em sua pele branca, elástica, solene, tenso e assustador.

Ali, entre todos, há quem imagine que ele esteja desafiando alguém. Entre gritos e assovios constantes — finalmente, um espectador pedirá em voz alta:

" — Cante, Seraphião!" e outros repetem em coro:

" — Cante, Seraphião!" — Ele então para, como que em transe, olha em volta e todos silenciam. Ele fica imóvel e olha em volta como a tentar encontrar os donos da voz.

Ele virá se deslocando como uma grande aranha branca e se apoia nas molduras de madeira acima das arandelas e para num ponto de apoio. E começará — quebrando um encanto de mais de 20 anos. Ao emitir sua voz, como um chamado aos pobres e oprimidos, sabe do risco de ser ouvido pela última vez. Lá do alto, posicionado e como um cantor de ópera, ele cantará, com paixão. Como uma promessa que não havia feito e um retorno imprevisto, sua voz, ora cristalina e ora embargada e plena de angústia, denunciava uma dor sem par. Olha para baixo e fixa os olhos em Mércia, que tenta um meio de se safar em meio à multidão. "Acaso tudo não tivesse saído do controle, Rafaela estaria bem e Luana estaria viva" — pensa, revoltado. Então, ele salta para o lustre que balançará da esquerda para a direita, e todos ouvirão uma parte do monólogo de Seraphião; ora em português ora em alemão—*Ich kam vom Mond, deine Straße dort oben, eine Linie aus Illusion.Ich verabschiedete mich und zog mich aus wie der Mond in der Einsamkeit. Ich bin runter gegangen."*

" — Eu vi da lua sua rua lá cima um risco feito de ilusão.

Me despedi e me despi tal qual a lua em solidão. Desci.

Vi esses olhos de menina apaixonada sem saber que era paixão;

Se derramou como um cometa que caindo virou cinza pelo chão.

Então nudez me procurou e se derreteu no meu calor;

Havia mais que uma mulher, com seus cabelos de fogo;

Fogo de beijos e abraços, me fez morto e depois me ressuscitou;

Me fez pobre e tão perdido, pois roubou a minha alma e coração.

" — O, o ,o serov, Oserov, Oserov; Me deixe arar um pedacinho de chão."

"— Ho ho ho ffman, Hoffman, Hoffman - Você quer morar no céu?

Por lá não tem plantação."

Ouve-se um disparo, seguido de gritos e confusão.

Todos se retraem e se abaixam para se proteger enquanto o lustre central está despencando de uma altura de mais de quatro metros, trazendo consigo aquele ser branco que despenca entre cristais, se estilhaçando enquanto algumas luzes piscam e outras se apagam. O lustre de quase dois metros de diâmetro tem o impacto amortecido pela mesa de mogno e negociações e espalhará os papéis, que voam para todos os lados. Mércia está se movendo rapidamente em direção à cozinha e à sala de refeições enquanto Brisa corre em direção a Seraphião. Ouvirá gritos e indagações dos expectadores:

—Ele morreu? Ele está ferido? Está vivo?

Subitamente, as luzes restantes se apagam. Mércia puxou a alavanca do quadro de energia elétrica e irá fugir pelos fundos. Para onde? Não deixará pistas, nem respostas. Pelas estradas, as viaturas estão a caminho de Lindau e não demorarão a chegar. O tempo encurta as rédeas de Mércia, que, desesperada, segue a última etapa do plano, para reencontrar sua filha.

" De todos os venenos, o ódio é o pior." — diz o padre Simão, enquanto aguarda a chegada de Brisa ou alguma ajuda.

A cidade está infelizmente sem assistência médica momentânea por conta dos protestos. Dr. Rudolf, assim como outros, não mora mais na cidade. Rafa está quase inconsciente após a perda insistente de sangue. Aos prantos e entre orações, Margot é puro amor e indignação.

— Padre Simão, o que faremos? — Implora por um milagre.

— Ligue para Brisa — ela tenta, sem resultado.

No meio da confusão na Pousada da Lua, Brisa e outros tentam localizar o corpo de Seraphião entre os destroços. Apenas com as luzes dos celulares e tendo cuidado com os estilhaços do lustre, ela chega até a mesa literalmente destruída. Olha em baixo, em cima e ao redor e não vê nenhum corpo. As pessoas estão aflitas.

— Seraphião, você está bem? Brisa gritará, sem resposta. Outros farão o mesmo. Sem resposta. Há dois belos sofás Chesterfields, grandes um frente ao outro, e algumas poltronas Bergére por onde ele poderia estar se escondendo ou caído atrás; mas toda procura é em vão. "Ele saiu furtivamente do casarão. Ele está no encalço de Mércia e sabe que Rafaela corre perigo." Brisa conclui. Em meio a uma escuridão, levemente amenizada pela claridade que entra pelas janelas, e sem nenhum movimento a mais no casarão, todos estão na rua em meio a burburinhos, suposições e hipóteses, umas mais absurdas que outras. "Ele se foi, o ferimento se fechou e ele voltou para a lua." diria um matuto encantado.

Se aproximam das 21h, uma boa parte da multidão decide que deve se dirigir até a igreja e se juntar ao padre Simão. Mal sabem que a igreja seria, agora, o pronto-socorro de Rafaela Oserov.

Brisa e Síria continuam envolvidas com a busca de Seraphião, Mércia, Rafa e Margot. O casarão, no escuro, apresenta outras nuances, o que o torna mais que imenso, assustador. Após o térreo, passam por 2 pisos e checam todos os quartos, onde alguns residentes estão assustados e trancados com medo. Não há vestígios deles por lugar algum; imaginam.

Brisa grita:

— Meu Deus, Síria! Padre Simão, a missa!

— Vamos embora!

Abandonam o casarão e saem em debandada.

Para esse povo simples, não há mais nada a ser comemorado. Há sim um desespero velado em ver tudo desmantelado e a urgência da normalidade. A quase cidade semidestruída revela agora o caos que se instalou pelos quatro "pontos cardeais" de Rafa. Mas, para surpresa de Síria Lamine e Brisa do Carmo, algumas pessoas estão removendo os entulhos e organizando a limpeza. Essa minoria, comparsas nos negócios escusos de Mércia, já sabe o perigo que correm. "Uma forma de marcar território é não deixar que alguém o invada." — ela pensa caminhando pelas sombras. Mas poderá perder a coroa e a cabeça a qualquer momento.

Um padre Simão em agonia seguirá até a frente da igreja e tocará o sino; mais por desespero do que por outra motivação.

A missa deverá começar e as luzes serão acesas. As pessoas de fé, os habituais fiéis de todos os domingos, nunca vieram à igreja nesse dia e horário; mas parece que hoje, sexta-feira, 20 de setembro de 2013, com uma lua cheia testemunhando a volta dos dois: Rafaela e Seraphião, são nobres os motivos para se estar aqui. Infelizmente, não há espaço para todos e a curiosidade foi amplificada pela presença desses dois mistérios.

Resta agora ao padre mostrar a verdadeira face da atual Rafaela Oserov ao seu pequeno povoado que tanto a estimava quando criança, mesmo sendo uma menininha séria, todos sabiam do seu sofrimento. "Imagine ter que usar o banheiro da secretaria da escola por discriminação e orientação da mãe? Olhar para as bonecas, vestidos, roupas íntimas e outros brinquedos das amigas e saber que nunca os teria?" Todas essas pequenas aflições vinham agora em sua mente como um tormento compartilhado, pois no quarto ao lado há uma vida se esvaindo e se perdendo e ele sente que poderia ter feito mais.

"Hoje, para alguém, todos os sonhos serão esquecidos. Não haverá mais o riso, o afago, o café compartilhado, a confissão, o pôr do sol, nenhum som de passarinho noturno. Um silêncio penetrará, invadirá, mergulhará no mar do nada e se tornará enfim o que sempre foi, o fim." — reflete o padre Simão, enquanto coloca a batina, a estola e beija seu crucifixo de ouro.

Brisa e Síria sentem que é quase impossível caminhar entre as pessoas e manterem-se juntas. Tentam entrar na rua que leva até o topo do morro, mas está congestionada. Síria irá se separar para organizar sua equipe, pois também se preocupa com a integridade física deles. Brisa segue o fluxo e, no desespero, faz um atalho e seguirá pela lateral, tropeçando e caindo mais que andando; celular sem bateria. A mais ou menos oitenta metros antes de chegar até o topo, ela observa que, um pouco acima daquela casa sagrada, com seus dois pés de manga ao lado e a lua recortando as silhuetas, que... há alguém no telhado. Ela não tem dúvidas, é Seraphião. Ele está sentado na cumeeira da igreja e, como um vigia noturno camuflado. Percebe que ele parece monitorar algum movimento estranho.

Brisa do Carmo sente uma vontade imensa de gritar por ajuda. Mas sabe que não é o momento. Apenas apressará o passo.

O salão está repleto com seus 200 e poucos fiéis sentados e mais uma multidão em pé, tanto dentro quanto fora.

Padre Simão vê que Brisa vem se aproximando e acenará a mão, depois indicará à sua esquerda como que a mostrar seus aposentos e Brisa entende. Ela passa pelo padre que está se dirigindo para o altar, recebendo um dos sacristãos. Brisa do Carmo, enfim, está na companhia de Margot Rivas, que está abraçada a Rafa Oserov, que parece dormir. Mas agora sua pele está mais fria que branca e ela não se parece mais com Rafa e, sim... com a menina Rafaela. Não há mais traços de masculinidade em seu rosto e sim uma expressão lívida e serena como uma escultura de mármore branco. Ela abraça Margot e diz: espere aqui, vou falar com o padre.

Infelizmente, o padre Simão já sabe que é tarde demais e inicia sua liturgia fazendo o sinal da cruz—*Per signum Crucis, de inimícis nostris, líbera nos, Deus noster. In nómine Patris, et Fílii, et Spíritus Sancti. Ámen."* Seu semblante pela primeira vez em anos é pesaroso e sem vida. É um momento onde ele, mais que os fiéis, confrontará a si perante Deus. Sua dor, uma dor que o dilacera, faz seus olhos marejarem — e ele diz:

—No dia 29 desse mês faremos a festa anual de São Gabriel Arcanjo, essa congregação recebeu essa festa com alegria graças ao nascimento da pequena Rafaela Oserov no dia 20 do mês de maio de 1995'.

Silêncio.

Oremos à oração de São Gabriel Arcanjo:

"*Vós, Anjo da encarnação, mensageiro fiel de Deus, abri os nossos ouvidos para que possam captar até as mais suaves sugestões e apelos de graça emanados do coração amabilíssimo de Nosso Senhor. Nós vos pedimos que fiqueis sempre junto de nós para que, compreendendo bem a Palavra de Deus e Suas inspirações, saibamos obedecer-lhe, cumprindo docilmente aquilo que Deus quer de nós. Fazei que estejamos sempre disponíveis e vigilantes. Que o Senhor, quando vier, não nos encontre dormindo. São Gabriel Arcanjo, rogai por nós. Amém.*"

— De todos os males e venenos, o ódio é o pior — diz e segue:

— Queridos fiéis e amigos de Cristo e Lindau, hoje estamos aqui para celebrar a volta dessa ovelhinha que se desgarrou do nosso rebanho... Enquanto diz essas palavras não percebe as pessoas que estão se apinhando pelas janelas e se aboletando como podem pelos cantos, e a missa irá prosseguir.

O grupo Libertas está ajudando a conter algumas tentativas de invasões pelos fundos. Brisa está com Margot e Rafa, que não têm mais os sinais vitais. Margot num pranto convulsivo, está inconsolável e acredita na sua ressurreição, enquanto Brisa do Carmo avisa que os seus pais estão na missa e não vão querer vê-la naquela situação.

Então ela será consolada. Suas roupas serão trocadas. Resta vesti-la com uma túnica branca que o padre tem no armário. Rafaela Oserov recebe o mesmo tratamento. Tem um lençol branco enrolado sobre as partes íntimas.

Alguém da ONG procura Brisa e a chama de um lado. Algo é dito sobre uma mulher de vermelho à espreita próxima da igreja.

O padre continuará falando sobre os acontecimentos do dia, sendo interrompido por Brisa do Carmo, que se aproxima lentamente sob o olhar dos fiéis e dezenas de curiosos e sussurra em seu ouvido:

'— Os dois estão aqui.'

— O que você está dizendo? O padre Simão está confuso.

— Mércia e Seraphião estão aqui. Ela repete.

— Meu Deus, que tormento. Mas, em meio a isso tudo, o padre Simão terá uma surpresa. A missa continua por mais alguns minutos e será interrompida novamente por uma agitação nos fundos. O padre Simão levanta a mão e todos aguardam.

Os que estão sentados se levantam imediatamente para ver quem está entrando pela porta dos fundos, ao lado do altar.

O padre está confuso, o sacristão corre para abrir espaço.

A cena é de uma teatralidade impressionante e inesperada. Seraphião, esse mito que há pouco fizera sua aparição no casarão, está ali, materializado, na presença de todos. Ele tem sua pele toda branca e uma proteção indefinida sobre as partes íntimas. Seu semblante é de dor e desolação. Ele perdera dois amores em um só dia. Luana da Lua e, nos seus braços, Rafaela, sua filha, ali sem sopro de vida. Mas, para todos os presentes, ela ressuscitou nesse momento. Há uma comoção geral do tipo que se pede intervenção.

— Silêncio, por favor! — pede um padre Simão contrito.

Os oito membros da ONG Libertas, que estavam fazendo um cordão de segurança, entram na igreja e se colocam diante do altar. O padre Simão pede que todos se sentem. Sua voz está cansada e é obedecida. Alguns quase caem ao se sentar, tamanha a emoção de estar em frente a esse ser e essa cena. Seraphião, inconsolável por amar sua criação mesmo à distância, desde o seu nascimento. Ele é brando e lento, vem andando com aquele corpo nos braços, que mais parece uma parte ou extensão de si — tal é a semelhança entre os dois. Rafaela teve seu ventre ferido e, mesmo após ter sido limpo, o sangue continua a manchar aquele lençol alvo enrolado em sua cintura delicada.

Ele ficará em pé ao centro da frente do altar, como um pai que entregará a filha à noiva; e espera a entrada de Margot, visivelmente sem forças e com lágrimas descendo pela face. Rafaela, nos braços do pai, tem a cabeça pendendo para trás com seu delicado e esguio pescoço, como se estivesse procurando um ângulo para ver os fiéis do avesso à sua morte. Os seus braços, longos, brancos e delicados, pareciam querer que suas mãos tocassem o piso da igreja que um dia fora a casa dos seus avós.

Voltou, o vento que sopra de dentro para for a e com seu perfume, circula por entre os fiéis.

Alguém que passa pelos fundos da igreja parece ouvir uma histeria ao longe perto da casa das máquinas, que logo é abafada. Mércia Oserov que planejava invadir a missa, foi impedida brutalmente por uma velha conhecida da família: Anne Pedrozo, a babá, que a derrubou, a subjugou e a arrastou, desmaiada, levando-a até a estufa de plantas venenosas do seu pai, que saudosamente a esperava. E em poucos minutos a envenenaria, de forma discreta e aterrorizante.

Porém, alheio a esse fato, o padre Simão continuará.

— Esse foi o resultado da demência de Mércia Oserov. Que tirou a vida da própria filha por não poder tê-la como a queria. Esse é seu pai, espero não estar errado, e mesmo que estivesse, essa é a casa de Deus e da sua misericórdia. Leva a estola aos olhos e seca as lágrimas. Anne, a babá, os observará de uma das janelas. Vingada.

Brisa do Carmo trará Margot Rivas apoiada até o altar e ela se senta calma e serena. Seraphião depositará o corpo de Rafaela em seu colo. Ela a recebe e a cena é indescritível com toda a sua arrebatadora emoção. Alguns, ingenuamente, ainda acreditam na possibilidade de uma encenação teatral e ouvem-se as expressões:

" Não é possível! — Eu não acredito! — Como é linda!" O padre pedirá silêncio e prosseguirá com a missa até o final.

Os visitantes, turistas, os tatuados, a ONG Libertas e os fiéis assistirão a um espetáculo de dor e resignação desse artista que, num ato de superação, terminará por escalar, subindo pelas janelas até o teto. Onde então se acomodará como uma gárgula branca entre as terças e vigas da tesoura na parte mais alta do teto da igreja. De lá de cima, ele olharia para o altar, para Rafaela e para as pessoas ao seu redor. As pessoas olhariam de volta para aquele vulto branco, com pesar e grande admiração.

Houve cantos, orações, abraços e lágrimas.

Então, nessa linda e triste noite de uma lua cheia e vazia;
sobre essa pequena cidade, bonita, moderna e sombria;
Seraphião desapareceria.

Para sempre.

Sobre o Autor

Dantas Solo é um artista multifacetado de Vila São Pedro, distrito de Dourados, Mato Grosso do Sul. Sua infância e adolescência foram marcadas por quadrinhos, cinema, rock e pelas histórias de seu avô materno, "Pai Luiz". No cotidiano, encontra cenas que se cruzam e tornam-se referências para sua inspiração. Além de escritor, é poeta, cantor e compositor.

Release

Rafaela e Seraphião, originalmente, era um projeto musical de nome (Seraphião Cabeça de Lua) que foi gravado em 2001, com participação de Alberto Marsicano na Sitar, Hard Alexandre na Guitarra, Zito na Bateria, Claudio Galvão no Baixo e David Pascqua nos teclados.

Outras Obras Literárias: (Amazon)

- Apocalíptica
- Vaga-Lumes – Visitas e Lustres
- Buda e o Crucifixo Invertido
- Arkan

Discografia: (Deezer, Spotify, AppleMusic, SoundCloud)

- De Volta ao Labirinto(2018)
- Cápsula (2023)

Em junho de 2023, Dantas Solo lançou o álbum *Cápsula*, projeto incentivado pelo Fundo de Investimentos à Produção Artística e Cultural (FIP) por meio da Secretaria Municipal de Cultura de Dourados. O álbum contou com a participação de renomados músicos, incluindo o percussionista Marco Bosco, conhecido por colaborações com artistas como Caetano Veloso e Elza Soares.

Fonte: www.douradosagora.com.br Para conhecer mais sobre o trabalho musical de Dantas Solo, você pode visitar suas redes sociais.

@dantasSolo

www.ingramcontent.com/pod-product-compliance
Lightning Source LLC
LaVergne TN
LVHW041504170726
843492LV00005B/1376